# 시인의 여행

조인컴

## 시인의 여행

**펴낸날** 2024년 2월 14일

**지은이** 여서완

**펴낸이** 여현순

**펴낸곳** 조인컴

**디자인** 현재영

**인쇄** 새한문화사

**출판등록** 2012년 5월 23일 (제300-2012-104호)

**주소** 경기도 고양시 일산동구 일산로 206, 307- 205

**전화** 010-5238-4001

**전자우편** yeolucent@hanmail.net

**ISBN** 978-89-968999-7-6

# 시인의 여행

여서완 글·사진

조인컴

## 작가의 말

시인의 여행

바람이 손잡으면 바람과 노래하리
구름과 손잡고 비가 되리
태양과 하나 되어 빛이 되리
지구에 입 맞추듯 땅위를 걸어가리
텅 빈 듯 가득 찬 우주 에너지에 내 가슴 맡기리

크레타 섬 니코스 카잔차키스의 묘지에 새겨진 문구처럼……
나는 아무것도 바라지 않는다
나는 두려워하지 않는다
나는 자유다


　그리스인 조르바의 작가 니코스 카잔차키스를 만나러 그리스의 크레타섬을 방문한 적이 있다. 다녀와서 그곳에 대한 여행기를 부탁받고 쓰게 된 것이 이 책의 탄생 계기이다. 《월간시》 시인의 여행 코너에 2년을 넘게 연재하였다. 대부분이 유럽과 아시아 여행 중에서 그린 시와 사진이 깃들인 시인의 여행이다. 낯선 여행지에서 만나는 나를 바라볼 때도 많다. 타오르던 목마름이 자유로운 여행으로 이어지기도 했다.
　1989년 20대에 도착한 영국의 히스로 공항이 나의 첫 해외여행 공항이었으며 영국을 시작으로 긴 여정이 시작되었다. 젊은 날 영국과 유럽 여행이 내 삶에 많은 거름으로 작용하며 힘을 주었다. 혼자 떠난 북유럽여행, 그로부터 30년이 더 지나 다시 가보는 여행도 이생의 값진 경험이었다. 내가 바라보는 대로 다가오는 여행지, 내 의식의 깊이에 따라 바라보는 세계는 제각각이다. 목적지를 향해 길을 떠나며 낯선 땅을 향해 여행의 느낌을 오롯이 함께할 수 있는 시간이 여행이다. 인생 법칙에는 다음은 없다. 단지 지금을 닮은 다른 지금이 있을 뿐, 기회가 올때는 저지른다. 여행은 상상의 나래를 펼치기 좋은 시간이다. 자유롭고 지혜롭게 파동에너지의 상태로 가슴이 제시하는 그 길이 당신이 그려놓은 지도라는 것을 알아채고 따른다.

　우리 안에는 끊임없이 여행하고자 하는 충동이 숨어 있다. 그것은 우리가 지구에 여행하러 온 까닭이어서일 것이다. 집 떠나면 고생이라는 말이 공공연하게 나돈다. 그런데 왜 우리는 끊임없이 여행을 갈망하는가! 여행은 새로운 경험과 새로운 곳에 대한 발견이다. 짐을 싸서 애써 고생을 자처해 나가는 전사가 되기도 하며 낯선 곳을 찾아갈 때는 탐험가가 되기도 하고 호기심 많은 개구쟁이가 되기도 한다. 돌아올 집이 있단 것은 여행에서의 가장 큰 위로다.

　나는 지구별 여행자, 의식이 나를 통해 움직이고 삶의 주인공으로 오늘 나는 여행가로 여기에 섰다.모든 것들은 빛 그리고 에너지로 이루어져 열린 마음으로 생각을 자유롭게 풀어놓아 무한한 가능성의 바다에 빠져 여행중이다. 삶의 여행은 때로는 모름의 길, 지구와 한 몸으로 가슴으로 의식의 문을 열어 변화를 받아들이다가 가슴이 떨리고 응답하면 또다시 가방을 싸서 여행을 떠날 것이다.

2024년 2월에 여서완 절

# II. 아시아 Asia

시 | 시인의 여행

# I. 유럽 Europe

## II. 아시아 Asia

# Europe

# Greece

# 크노소스 궁에서

미노스가 기거하던 궁전에 공작새가 의시대며 주인인 냥 거닐고 있다

카잔차키스의 크노소스 궁전을 꼼꼼하게 읽고 컸던 기대로

신화들 등장하던 환상 궁전 소설 속에서 빠져 나오지 못하고

'다이달로스가 설계한 미로는 어디에 있나요' 하고 물었다

작열하는 태양은 빛났던 그 시절 말하듯 찬란했다

왕비의 침실 벽 장식한 물고기와 돌고래 프레스코와

양날도끼

석조 왕좌에 앉아 공연을 관람하는 왕과 왕비

그곳에서 흐르는 시간은

현대의 의식과 다른 보폭으로 흘러가고 있다

미로에 갇혀 빠져 나오지 못한다 해도 괜찮을 것 같다

오고가는 역사의 한 켠을 들여다보니

그림속의 황소가 뿔을 세우고 달려오고 있다

눈을 확 감고

미로를 헤치듯 그곳 나왔어도

문명의 한 지점에서 머물고 있는 나를 본다

# 크레타 섬에서 니코스 카잔차키스를 만나다

크레타는 그리스의 300여개 섬 중 가장 큰 섬이자, 지중해에서 다섯 번째로 큰 섬으로, 지중해 동부 에게 해 남단에 있는 섬이다. 중심 도시는 이라클리오이며 유럽에서 가장 오래된 문명인 미노아 문명의 중심이었다. 기원전 3,000년경 미노스의 통치 아래에서 청동기 시대의 문화인 크레타 문명을 꽃피웠다.

크레타 섬으로 가기위해 저녁나절 아테네에서 푸른 수평선이라는 이름의 크루즈 선을 타고 출항했다. 밤바람은 싱그러웠고 바다를 건너오며 바람에도 걸리지 않는 가벼움으로 자유로운 삶을 살다간 조르바를 생각했다. 날고 있는 갈매기처럼 두 손을 펼쳐 날개를 펼쳤다.

'나는 자유다.'

새벽에 깨어 갑판으로 올라갔다. 여명과 함께 섬이 가까워 오고 있었다. 일출을 볼 수 있었던 것은 행운이었다. 바다에서 신비한 빛으로 해가 떠올랐다. 얼마나 아름다운지! 보라를 감은빛으로 표현되는 붉은 태양이었다. 해가 떠오르며 멀리 크레타 섬이 보였다. 섬이 다가올수록 설렘이 커졌다. 붉게 빛나는 아침 태양과 함께 바다 한가운데 떠 있는 아름다운 섬, 크레타! 배에서 내려 버스를 타고 도착한 곳이 카잔차키스의 무덤이었다.

## 니코스 카잔차키스 묘지

니코스 카잔차키스는 1883년 크레타 이라클리온에서 태어났으며, 현대 그리스 문학을 대표하는 작가이자 '20세기 문학의 구도자'로 불린다. 그리스의 민족시인 호메로스에 사상적 뿌리를 둔 그는 베르그송, 니체를 거쳐 부처, 조르바에게 사상적 영향을 크게 받은 그는 자연인의 본원적인 생명력을 발산하는 작품들을 썼다. 두 차례에 걸쳐 노벨 문학상 후보에 지명되며 문학성을 인정받았으며 작품으로는 [오디세이아] [예수, 다시 십자가에 못 박히다] [성 프란치스코] [영혼의 자서전] [동족 상잔] 등이 있다.

그는 크레타 섬 꼭대기에 누워 있다.

그리스 정교회와 로마 가톨릭으로부터 파문당한 그는 공동묘지에 묻히지 못하고 베네치안 남쪽 성벽위에 묻혔다. 나는 그가 기다리기라도 한 듯 옛 성벽 언덕 위를 단숨에 달려 올라갔다. 제일 먼저 도착한 그곳에 십자가가 사진에서 본 듯이 서 있었다. '나는 아무것도 바라지 않는다. 나는 두려워하지 않는다. 나는 자유다'가 적힌 그의 묘비석앞에 한국에서 가져온 소주와 안주 그리고 한국어판의 그리스인 조르바를 올려두었다. 나도 술잔을 올리고 큰절을 했다. 카잔차키스에 대한 설명을 들으며 부겐베리아가 화사한 부인 엘레니 묘지를 보았다. 자유로이 석관처럼 생긴 돌은 우리의 혼유석같이 그의 영들이 나와 놀고 있음직하다. 몇걸음 떨어져 있으

니 혼자 나와 거닐다 같이 만나기도 하겠다 싶다.

　글을 쓰는 우리는 그곳에서 기념사진을 찍고, 비문에 새겨진 내용을 가이드에게 부탁하여 그리스 말로 녹음을 해 왔다. 묘지에서 보면 이라클리오의 하얀 집들과 푸른 에게 해가 눈앞에 펼쳐진다. 맨 마지막으로 내려오며 한눈에 보이는 크레타 섬을 가슴에 새겼다.

태양의 삶, 영원한 자유인, 열정적이며 자유로운 영혼의 소유자로 그렸던 조르바, 그는 자유분방하지만 주어진 일과 상황에서 가식 없는 호탕함으로 최선을 다했던 조르바를 만나 창작의 영감을 받았다. 온몸과 마음과 영혼을 다 쏟아 붙는 일 자신을 몽땅 다 바쳐 부딪히고 싸우고 받아들이는 조르바 욕망과 본능은 동물적인 그 무엇을 넘어선 삶의 진정한 모습을 초월된 상태로 느껴진다.

## 크노소스 궁전 (Knossos)

이라클리온에서 약 5km 떨어진 곳의 언덕 위에 있는 궁전 터이다. 크노소스는 그리스의 크레타 섬에 있는 현존하는 것들 중 가장 규모가 큰 청동기 시대 유적지로, 유럽 최고의 도시라 불린다. 크레타 문명의 중심지로 알려져 있다.

크노소스의 궁전 안에는 무려 1200개나 되는 방이 미로처럼 복잡하게 얽혀 있었다고 전한다.

미로와 같은 구조를 돌아보며 우리가 읽었던 신화 속의 이야기 소설 크노소스에는 다이달로스가 설계한 미궁과 테세우스와 얽힌 전설과 신화 속의 괴물 미노타우로스가 살던 곳이 있었다. 이카로스의 날개와 아버지 다이달로스의 미궁에 얽힌 이야기는 하나의 미로와 같다. 자신의 탁월한 재능으로 미궁에서 탈출하지만 아들을 잃게 된다. 제우스신이 자랐다고도 하는 유럽 최고의 유적지인 이곳에서는 그리스 신화가 꽃피우고 보물들이 발견되었다.

기원전 17세기경 에게 문명의 중심지인 에게 해 크레타 섬 북안의 크노소스에 있었던 궁전. 중앙의 정원 주위에 수백의 작은 방이 있어 미궁으로 유명하다. 유럽에서 가장 오래된 미노아 문명의 유적으로, 기원전 2000년경 크레타 섬을 지배하던 미노스 왕에 의해 최초의 궁전이 만들어졌다가 지진으로 붕괴된 후 기원전 1700년경에 재건되었다. 거의 3300년이 지나 1900년에 영국

의 고고학자 아서 에번스가 수많은 유물과 함께 크노소스를 발견함
으로써 마침내 햇빛을 보게 되었다. 하지만 많은 자료 없이 쉬운 동
선을 만들고 콘크리트 기둥을 세운다거나, 시멘트를 바르는 등 복
원을 날림으로 했다. 복원 문제 때문에 유럽 문명의 요람이었던 미
노스 문명의 정수가 담겨 있다는 중요성에도 불구하고, 지금까지
도 유네스코에 등록되지 못한 이유라고 했다.

  카잔차키스는 자유라는 주제를 가지고 글을 쓴 탁월한 이야기꾼
이었다. 그가 쓴 책을 꼼꼼히 읽으며 자유를 생각하고 미로 속에 갇
힌 자유를 풀어보았다.

## 카잔카키스 박물관

 크노소스 궁을 나와 카잔차키스 박물관으로 갔다.

 한국에서 여러 문학관을 다녀왔기에 어색하지 않은 발걸음이었다. 들어가서 먼저 그에 대한 기록 영상을 보았다. 영상을 보고 전시된 작품들과 진열된 그와 관련된 물건들을 보았다.

 그곳은 그를 위한 맞춤 동네였다. 시간은 넉넉했고 전시장을 빠져나와 동네 한 바퀴를 돌아보았다. 멀리 올리브나무가 재배되는 나지막한 산들을 바라보았다. 그가 보았던 시선과 겹쳐지는 곳이 있었을 것이다. 포도송이가 영글어가는 파란 대문 앞에 섰다. 동네 곳곳에 그의 얼굴이 그려진 벽이 있었고 그의 책과 관련된 그림들이 있었다. 박물관에서 그의 얼굴이 새겨진 티셔츠 하나 사고 긴 시간 느긋하게 근처의 그곳에서 보냈다.

 그가 자란 동네는 느리고 소설 같은 동네였다. 무라까미 하루키도 한때 그 섬에 머물렀다고 들었다. 올리브 나무가 재배되는 나지막한 산들과 포도가 영그는 동네를 느리게 산책하였다

 태양은 강렬하였고 가슴은 뛰었다

 점심 식사 후 짧은 휴식시간에 항구 근처의 베네치안 요새가 있는 성까지 걸어 갔다왔다.

 지중해의 푸른 바다와 뜨거운 햇살 한가롭고 행복한 산책이었다. 공항에서 아테네까지는 배를 타고 하룻밤을 보낸 것에 비하

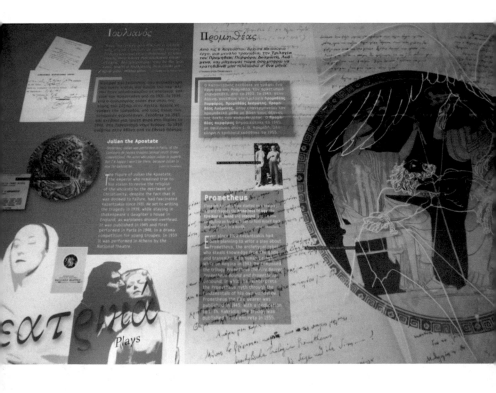

면 짧은 한 시간 남짓한 비행시간이다. 낯익은 이름의 카잔차키스 공항에서 비행기를 타고 아테네를 향해 날아올랐다.

날아오르며 나는 나에게 매 순간 온 열정을 다해 살고 있는가 물어본다. 중요한 것은 이 순간에 일어나는 일일 것이다. 내게 순간순간 자신의 삶을 온전히 만끽하는 것, 크레타 섬은 항상 내 가슴속에서 살며 삶의 에너지로 남을 것이다.

## 메테오라

인간이

신에 이르기 위해

오를 수 있는 지점까지 올라

기도를 하지


그곳이 이곳


손 내밀면 하늘이 손을 잡는


고요가 입을 열고

지상에 속삭임을 시작할 때

가장 먼저 듣게 되는 곳


그곳이 이곳

# 그리스 중부 테살리아 지방 공중에 떠 있는 도시 메테오라

절벽 끝자락에 자리를 깔고 앉아 눈을 감고 시작한 명상, 어슴푸레하게 아침이 다가올 때 눈을 떴다. 세상이 와락 다가와서 안기던 그 새벽 명상은 잊을 수 없다. 마치 현실 세계가 아닌 듯 몽롱한 그 아침이 있었다.

"세상에 메테오라 같은 곳은 메테오라 밖에 없다"는 말도 있을 정도로 수직의 바위와 기암괴석, 그 위에 세워진 그림 같은 수도원으로 유명한 이곳은 이번 여행이 처음은 아니었다. 8년 전 이곳에 왔었다.

대부분 우리는 자신의 기억 속에서 사물을 인식하며 살고 있다. 그리고 세월이 지났다. 그런 순간들이 이어져 지금의 나로 살고 있다. 그랬다 세상에 메테오라같은 곳은 이곳밖에 없었다.

자체가 소멸될 위기에 처하자 아무도 오를 수 없는 이 곳에 수도원을 짓기 시작했다고 한다. 출입은 밧줄과 그물을 이용했지만 현재는 다리나 계단을 이용할 수 있다. 수도원 5곳과 수녀원 1곳이 남아 있는데, 2차 세계대전을 겪으면서 많이 파손된 것을 1960년대에 다시 복원한 것이다. 유네스크는 이곳의 기묘한 자연경관과 경이로운 종교 건축물의 가치를 인정해 1888년 세계복합유산으로 지정하였다. 하지만 관광객들이 몰려들자 많은 수도자들이 다른 곳으로 떠났다.

지질 연구에 따르면 메테오라의 바위 봉우리는 6천만여 년 전 지각변동에 의해 형성되었다. 알프스 조산대의 충돌로 드러낸 거대한 사암 바위는 풍화와 침식 작용을 거치면서 단단한 부분만 남았고, 점차 뾰족하게 솟았다. 검은 바위 위 가로로 된 단층선은 오랜 시간 진행된 침식작용의 흔적이다. 이후 풍화 작용과 지진으로 뾰족한 봉우리가 지금의 모양이 되었다.

바위들은 하나하나 특이하다. 커다란 구멍이 숭숭 뚫린 기이한 모습의 바위도 많다. 어떤 바위는 폭격을 심하게 맞은 것처럼 유독 움푹 파인 구멍이 많다. 부풀은 빵에 구멍이 숭숭 뚫린 것 같던 빵바위 곁에서 식사를 했었다. 바위 중간이 뻥 뚫린 성 조지 마딜라스 동굴에는 암벽등반에 성공한 사람들의 손수건이 빨래처럼 나란히 매달려 있다. 9세기부터 세상과 단절한 수도사들이 은둔하며 수행만 하던 유서 깊은 장소다. 유혹과 타락의 손길에서 이처

럼 완벽하게 안전한 지형이 있을까 싶다.

　여행을 다녀와서 북한산 어느 바위에 제법 큰 구멍이 파진 곳을 만났다. 나도 그곳에 들어가 그들처럼 나름의 가부좌를 틀고 앉았다. 빵바위를 보며 북한산의 기억도 찾아들어 반가웠다.

메테오라 전망을 보기 위해 꼭대기 전망대에 섰다. 바를라암 수도원과 메테오라 계곡과 칼람바카 마을이 보인다.

이번 여행에는 전망이 아름다운 바를라암 수도원을 방문하였다. 이곳은 메테오라에서 두 번째로 큰 규모의 수도원으로 14세기에 은둔 수사 생활을 했던 바를라암의 은둔처가 있던 곳으로 16세기에 창설한 수도원이다. 성인들의 수도원인 바를라암 수도원의 창설자인 테오파노스와 넥타리오스의 모습과 이름이 새겨져 있다. 높이가 373미터의 바위 위에 세워졌다. 수도원에서는 짧은 바지를 입은 남성이나 바지를 입은 여성은 치마를 입어야 들어갈 수 있는데 바지 위에도 입을 수 있는 치마가 비치되어 있다.

바위 꼭대기에 예배당을 짓고 거대한 물 저장고를 나무로 만들었다. 그 저장고를 만져 보며 감탄했다. 4개의 사다리를 이용하여 오르도록 하였으며 한 사다리에 25칸의 층계가 있었다고 한다. 다리가 없고 계단이 생기기 전까지는 낭떠러지에 매달린 밧줄을 타고 올랐을 것이다. 절벽 아래에서 부터 물건을 들어 올리던 도르래와 그물은 여전히 사용 중이다.

건물 벽에 걸려 있는 이 나무판은 손으로 쳐서 식사 시간을 알렸던 것이고, 왼쪽 옆의 쇠붙이는 흔들어서 식사 시간을 알렸던 것이다. 여행자답게 나무판을 두드려 보고 쇠붙이를 흔들어 보며 그 시간을 기다렸던 수도사도 있었을 것이라 생각하며 도시락 미리 먹던 추억들을 생각했다.

　예배당에는 천장화 성화 등의 장식들이 정교하고 아름답다. 천장
의 프레스코화에서는 예수의 생애가 이어져 있다. 크레타 양식으
로 표현된 벽화에는 '성모의 죽음'등이 그려져 있다. 보물실에는 갖
가지 화려한 아이콘, 목조품 등 비잔틴 제국 황제 콘스탄티누스 11
세의 복음서 필사본 등이 소장되어 있다고 한다.

바위산의 해발고도는 메테오라 초입에 있는 성 니콜라스 아나파우사스 수도원의 바위가 300m로 가장 낮고, 산꼭대기에 있는 대 메테오론 수도원의 바위가 613m로 가장 높다. 6개 수도원(성 니콜라스 아나파우사스 수도원-루사노 수도원-발클라암 수도원-대 메테오론 수도원-성 트리니티 수도원-성 스테판 수도원) 중 전에 방문하였던 곳에서는 가지가지 형태로 인간을 고문하던 내용들 대신에 좀 더 화려한 이콘화가 걸려 있었다. 그리스 정교를 지키기 위해 수도사들이 모여들면서부터 본격적인 공동체가 시작되었고 인간을 통제하기 위해서 그려진 것 같다는 생각을 한 것은 지구에서의 독재의 종식을 세미나 형태로 끝내고 난 후 인 최근의 일이다. 그곳 지형상 전쟁 중에 수도원은 요새의 역할을 했을 것이다.

수도원에는 관광객들이 대부분이지만 이곳에 남아있는 산세와 수도원으로도 경건함이 깃든다. 더러는 수도사들이나 수행자들처럼 구도자적으로 찾아드는 이들도 꽤 있다. 그리스 국민은 다수가 정교를 믿고 있는 종교적인 곳이다.

중세 고대를 벗어나 문명으로 들어갔다가 다시 찾은 부풀린 막걸리 빵 같은 자연과 종교가 어우러진 메테오라를 다녀오며, 큰 관심과 사명감 같은 새로운 세계를 발견한 듯 아름답다. 자연과 인간의 조화로 여행객들이 발길이 끊이지 않는 곳, 이제는 끝이라고 말하지 않으리라.

# 사랑만은 남아 있어

그대여

다른 길 떠난 다해도

고마웠소


사랑해서 행복했소

우리 사랑했던 기억들 순간의 영원 속에 살고 있소


설령 헤어져 각자 다른 길로 떠난다해도

행복했소

사랑할 수 있어 고마웠소

우리 예쁜 기억은 남기기로 해요


또 다른 사랑이 찾아와

그 자리 요구한다해도

사랑한 시간만큼은 우리들 것이죠


우리 사랑한 자리에 꽃이 피고 있소

그 자리에서 또 사랑이 싹트고


우리 헤어진다해도

그 자리에는 꽃이 피고 있소

# 아폴론 신탁이 내려지던 **델포이** (델피)

파란 옷을 입은 지정 가이드가 관련 사진을 펼쳐 보이며 설명을 시작했다.

델피의 어원은 여러 가지가 있는데 첫째로 고대 그리스어로 델피스는 자궁이라는 뜻이다. 본래 이곳은 가이아의 자궁이었고, 가이아는 남자 없이 낳은 큰 뱀 피톤에게 자신의 자궁을 지킬 것을 명하며, 지켜주는 대신 예언의 능력을 선물로 주었다.

두 번째는 아폴론이 에게해의 델로스 섬에서 돌고래를 타고 델피로 왔다고 하며 돌핀에서 델피가 되었다고도 하고

세 번째는 델피는 자궁이라는 뜻 말고도 배꼽이라는 뜻도 가지고 있는데, 제우스가 이곳이 지구의 배꼽, 세상의 중심이다라는 뜻으로 바위 돌을 떨어뜨려 여기가 세상의 배꼽임을 표시했다고 한다.

우리는 진지한 학생이 되어 신비한 신탁(Oracle)에 대한 고대 그리스 이야기를 들었다.

델피는 그리스 중부의 포키스 지방, 코린트 만에서 약 9.65㎞ 쯤 떨어진 험준한 파르나소스 산의 중턱에 있다. 고대 그리스인들은 델피가 세계의 중심이라고 생각했다. 신화에 따르면 제우스가 독수리 두 마리를 각각 동쪽과 서쪽에 놓아주면서 세계의 중심을 향해 날아가게 했더니 두 마리가 델피에서 만났다고 한다. 그 지점은 돌멩이로 표시되어 있고 그 돌을 옴팔로스(지구의 배꼽)라 했으며 그 주위에 신전을 지었다. 델피 유적지에는 19세기말까지 카스트리라는 마을이 있었다. 그러다가 1890년 마을이 가까운 지역으로 옮겨지고 이곳은 델피라는 옛 이름을 되찾았다.

그리스도교가 퍼지면서 이 유서 깊은 이교의 성지 델피는 쇠락했다. AD 4세기 중엽 그리스도교를 반대한 황제 배교자 율리아누스가 델피 신전을 복구하려 했지만 델피의 신탁은 황제의 열성에 아무 반응도 보이지 않고 그저 사라져버린 옛 영광을 한탄할 뿐이었다. 그러다가 1890년에 마을이 가까운 지역으로 옮겨지고 이곳은 델피라는 옛 이름을 되찾았다. 1892년에 시작한 발굴로 고대 성지의 윤곽이 드러났는데 2세기 그리스 지리학자 파우사니아스의 기록에 의해 각 폐허들이 어떤 건축물의 유적인지를 확인할 수 있었다. 신전이 있는 성소는 넓은 공터로 담장에 둘러싸여 있고 신성한 길이 성소를 구불구불 돌아 아폴론 신전까지 뻗어 있으며 길 양 옆에는 기념비와 보물창고들이 들어서 있었다.

중앙에 부서진 기둥 6개가 남아 있는 신전터가 보이는데, 그곳

이 아폴론 신탁이 내려지던 아폴론 신전이다. 아폴론의 신탁이 내려졌던 실제 장소로 신탁이 내려졌던 신전과 신탁을 위해 사람들이 바쳤던 보물들을 보관하기 위한 보물 창고들이 남아 있다. 기념비들은 아폴론 신의 은혜에 감사하는 뜻으로 국가나 개인이 세운 봉헌물이었다. 신탁소는 신전 뒤에 있는 작은 방 안에 있었다.

처음 신탁이 내려진 때는 기원전 8세기로, 그때는 아폴론의 신탁이 아닌 가이아의 신탁이 내려졌다. 여성신인 가이아의 목소리를 전달하는 여사제가 있었기 때문에 아폴론의 목소리를 여사제의 목소리로 전했다. 델피 근처 마을에 거주하는 귀족 가문의 아리따운 처녀들을 골라 파티아 여사제로 앉혔다. 무녀 파티아는 땅의 갈라진 틈 사이로 올라오는 신비로운 흰 연기위에 고정 된 삼발이 솥에 앉아, 올라오는 흰 연기를 마시고 생 월계수를 씹어 먹으로 아폴론의 목소리를 전했다. 흰 연기와 생 월계수 잎에 취한 무녀는 황홀경의 상태로 접신하여 신의 목소리를 전했고, 이때 받은 내용을 신관이 여섯 글자로 요약하여 신탁을 기다리는 이들에게 가져다주었다. 파티아가 전하는 말은 어지럽고 오묘했다, 이를 다시 신관이 여섯글자로 요약해서 가져다주는게 신탁이었다. 사람들은 델피의 신탁을 잘 이해하지 못했다. 델피의 신탁이 어렵고 모호하다는 소문이 퍼지자, 그리스의 현인들은 델피로 와서 사람들의 신탁 이해를 돕기 위한 격언을 델피 신전 기둥에 새겨 놓는다. 총 7가지 격언이 새겨져 있는데 "너 자신을 알라." "무엇이든 지나침이 없어야 한다."등이 있다. 신탁이 아무리 신통해도 자신이 어떤 사람인지를 스스로 알지 못하면, 신탁을 이해하지 못한다는 뜻이었기에 그렇다. 신관은 그리스의 유명한 시인들로 이루어졌으며 서양 문화의 역사학의 아버지인 헤로도토스도 델피의 신관으로 일한 적이 있다.

　델피는 그리스에서 유일하게 어느 도시 국가에게도 속하지 않은 유일한 땅이었다. 델피를 범하는 도시국가가 있으면, 다른 도시 국가들이 힘을 합쳐 델피를 탈환 한 뒤 다시 아폴론에게 바치는 의식을 했을 정도이다. 델피에서 신탁이 내려지는 것은 일 년에 단 몇 차례뿐이지만, 델피 땅은 일 년 내내 보물을 들고 오는 사람들로 붐볐다.

델피 성소에서 가장 잘 남아있는 유전 중 하나인 아폴론 신전 아래 쌓여진 벽은 신탁을 듣기 위해 줄을 서 있는 사람들이 신전 안에서 신탁이 내려지는 모습을 볼 수 없도록 약 2미터 더 높게 되어 있었다. 벽의 일부에 빼곡하게 새겨진 그리스어를 볼 수 있는데, 그리스에서 해방된 노예들의 이름도 있다. 그리스가 페르시아 전투에서 모두가 패할 것이라고 확신했는데 그리스의 승리를 예언한 사건으로 유명세를 타게 되면서 전 세계 사람들이 이 곳의 신탁을 듣기 위해 모여들기 시작했다. 아테네가 기원전 490년 마라톤 전쟁에서 페르시아군에게 승리한 것에 감사하며 아폴론 신에게 바친 보물 창고로 돌 벽에 헌사한 글씨가 새겨져있다. 왕들이 국가의 대소사를 델피의 신탁으로 결정하기 시작하고 나중에 전쟁을 치르기 전에는 반드시 델피의 신탁을 듣는 게 관행이 되었다. 고대 그리스 세계에서 무녀의 영향력과 명성은 델피가 2,500여 년이 지나 많이 허물어지긴 했지만, 그때의 위용을 말하여 주는 듯 했다.

정말 신의 목소리가 들렸던 것일까?

연기가 솟아오르는 바위를 두고 여사제 시발이 연기를 맡고 신탁을 말했다. 대지진 이후, 갈라진 틈 사이로 연기가 솟기 시작했고 연기를 마시고 정신이 아득하여지니 학습되어진 것들이 사라지고 인간에게 신의 목소리, 신의 메시지를 전하는 예언이 되었다. 땅 속으로부터 흘러나오는 아폴론의 '신비한 성령'이 실은 환각가스였다는 것이다. 정상적인 상태는 인간의 능력이지만 학습되어진 인

간의 모습을 내려놓은 후에 신이 내린 능력으로 신의 메시지를 전한 셈이다.

델피에는 분명 기가 어려 있었고 그대 그리스시대의 신앙심을 느낄 수 있었다.

설명을 다 마친 가이드는 월계수 잎을 나에게 선물로 주었다. 여행 중에 모자의 장식으로 달고 다니다가 집에까지 가지고 왔다. 마른 월계수 잎이 델피의 기운을 전해주는 듯했다.

신은, 하늘은 어떤 형태로든 지상의 존재들과 소통하기를 원하고, 지금도 그런 것에는 변함이 없는 듯하다. 종교나 무속신앙의 한 형태로 그런 것들 일 것이다.

## 아라호바 (Arachova)

델피로 가는 길에 아라호바에 들렸다. 아라호바는 파르나소스 산 중턱에 위치한 조그만 마을로 델피의 아폴론 신전의 유적지로 부터 8킬로미터 떨어져 있으며 빼어난 경관을 자랑한다. 아테네 여신에게 미움을 산 거미, 아라크네가 살았던 마을이라고 알려져 있다. 아라크네는 그리스어로 거미라는 뜻이다. 베 짜는 기술이 뛰어났던 아라크네는 점점 교만해져 갔고 감히 아테나에게 도전했다. 아테나는 노파로 변신하여 더 이상 교만해지지 말기를 조언하였으나 듣지 않았고 둘은 베짜기 내기를 하였다. 아테나는 신들의 존엄을 표현하는 베를 짰고 아라크네는 신들의 애정행각을 묘사한 내용의 베를 짰다. 아라크네의 완성된 작품을 본 아테나가 격노하여 그것을 갈기갈기 찢어버리자 아라크네는 절망에 빠져 스스로 목을 매달았다. 아테나는 그녀를 불쌍히 여겨 밧줄을 풀어주었다. 그러자 밧줄은 거미줄이 되고 아라크네는 거미로 변했다.

태양의 후예를 찍었던 곳으로 유명한 곳이다. #ARACHOVA라고 어른 키 반만큼의 알파벳이 적혀있는 곳에서는 중국관관객이 끊임없이 사진 찍기를 하는 것을 보니 드라마의 위력을 느낄 수 있었다. 송송 커플이 진한 키스를 나눈 곳인 시계탑까지 올라갔다. 붉은 지붕의 마을은 산토리니의 희고 푸른 풍광과 더불어서 그리스의 또 다른 아름다운 관경이었다. 다시 태양의 후예 드라마를 볼 기

회가 있다면 다녀온 그곳을 되새김질 할 것 같다. 아름다웠던 두 사
람의 인연이 끝남은 아쉬웠지만 그 시간만큼 아름다운 사랑이 남았
으리라.

## 신화이야기

호메로스의 일리아스, 오디세이아가 등장하고

고대 그리스인들이 생각하는 신들의 이야기와

영웅들의 전설 등에 담긴 이야기가

아크로폴리스

언덕위에 둥지를 틀고 있다


마치 제우스가 날개를 펴고 날아오를 듯

헤라가 질투의 눈동자로 노려보는 것은 아닐지

제우스의 딸 아테나의 이름으로 도시가 된 그곳에 섰다

날씨가 사납던 날

싸락눈을 피해 무작정 들어간

제주의 그리스 신화 박물관

이야기는 이야기를 만들고

먼 나라 섬 한 귀퉁이에서도

그리스 주요 신들이 한 자리씩 차지하고

이야기보따리를 풀고 있다

# 신화와 역사가 남아있는 땅, 민주주의가 태어난 도시 **아테네**

신화와 역사의 땅으로 불리는, 세계 최초의 민주주의 국가, 유럽 문명과 민주주의의 요람 아테네!

아테네는 상고시대 이래로 여행자들이 찾는 관광지였다. 아크로폴리스 언덕의 신전은 바위절벽위에 세워져 있으며 마치 거대한 성채 같다. 두 번째 방문이다 보니 많은 인파들과 더위에도 조금 여유롭게 관광할 수 있었다. 산 네 개로 둘러싸인 분지에 자리 잡은 아테네의 기후는 온대성으로 겨울은 온화하고 여름은 덥고 건조하다.

산이 많은 그리스는 아주 오래전부터 작은 도시들이 모여서 나라를 이루었다. 기원전 800년경 그리스 세계에는 폴리스라는 작은 국가가 등장했다. 고대 아테네는 강력한 도시 국가였으며 아테네는 가장 큰 폴리스였고 지금의 그리스 수도가 되었다. 고대 아테네의 부는 기원전 5세기부터 아테네와 연합을 시작한 피레아스 항구를 통해서 유입됐다.

아테네는 귀족, 시민, 노예 등의 사람들로 구성되었고 활발한 해상 활동으로 상공업과 무역이 발달했다. 개방적인 성향의 문화가 성립되었고 민주정치가 발달했다.

아테네에는 무엇보다도 고전기의 유산인 고대의 신전과 공공건물들이 아직 잘 남아있다.

서양 초기 문명의 기념비적 건물인 아크로폴리스의 파르테논 신전이 있다. 아크로는 높은 폴리스는 도시라는 뜻으로 아크로폴리스는 높은 언덕의 도시에 있는 도시국가로 신을 모시는 언덕이다. 아테네에 펼쳐진 길들은 도시의 중앙인 아크로폴리스 언덕을 향해 모이게 되어 있다. '아크로폴리스'란 높은 언덕 위에 있는 도시국가란 뜻이다.

헤로데스 아티쿠스 음악당은 아크로폴리스의 남서쪽 기슭에 있다. 아테네의 건축가 헤로데스 아티쿠스가 병으로 죽은 아내를 기리기 위해 지은 뒤 아테네에 기증한 건축물이다. 대규모 극장으로 모든 객석이 대리석으로 장식되어 있다. 중앙의 무대는 둥근 반원형으로 되어있고, 5000명의 관객을 수용할 수 있는데 지금도 오페라, 클래식 음악회를 열기도 한다. 그리스인 조르바를 읽고 그리스 여행을 떠났었다. 유튜브의 '조르바의 그리스 춤'이 나오는 배경이 이곳 헤로데스 아리쿠스 극장이라 반가웠다. 성악가 조수미도 이곳에서 공연을 했다고 했다.

아테나 니케 신전은 아크로폴리스 입구에 있는 아테네 여신께 바친 이오니아식 작은 신전이다. 아테네의 수호신인 아테나 여신을 모시는 신전으로 기원전 420년경에 완공되었으나 페르시아의 침공때 파괴된 적이 있다. 보수공사로 상당부분 복원되었다. 신전의 플랫폼에 있던 난간 부분과 아테나 여신상 및 조형품들은 현재 아크로폴리스 박물관에 전시되어 있다고 한다.

프로필라이아 신전은 아크로폴리스의 벽을 통해 입구로 이어지는 신성한 길, 신의 공간으로 들어가는 문이다. 프로필라이아는 단순한 성문이 아닌 아크로폴리스로 가려는 방문객들이 반드시 거쳐야 하는 관문이다. 신전으로 가기 전 예비회랑의 역할을 한다. 일단 프로필라이아를 통과하면 눈앞에 펼쳐진 파르테논 신전과 여러 건축물들의 장엄한 모습을 만날 수 있다.

파르테논 신전은 아테네의 수호 여신인 아테나에게 바친 신전으로 아크로폴리스에서 가장 아름답고 웅장한 건축물이다. 아테나를 위해 세운 직사각형의 원주식 신전인 파르테논 신전은 고대 그리스의 도리아 양식 건축물 가운데 백미로 꼽힌다. 완벽하게 균형 잡힌 구조와 아름다운 조형미 덕분에 인류가 남긴 최고의 건축물이란 찬사를 받고 있다. 유네스코에서 지정한 세계 문화유산 제1호이자, 유네스코의 엠블럼이 바로 이 신전을 모델로 만들어졌다. 파스테논 신전은 그리스 문명을 대표하는 문화유산이자 서양 건축양식의 최고의 이상형으로 불리는 건축물이다. 파스테논 신전은 완공 이후 900년간 신전으로 사용되다가 동로마시절에 성당으로 개조되었고, 오스만 제국 통치시절에는 이슬람 사원으로 사용되었다고 한다. 1687년 '대투르크와 전쟁' 중 오스만 제국이 신전 안에 보관하던 화약과 무기고가 폭격에 맞아 폭발하는 바람에 신전의 지붕이 날아가는 등 큰 피해를 입었다고 한다.

에렉티온 신전은 원래 아테나와 포세이돈의 신전이다. 신에게 제

사를 지내는 신성한 장소로 역할을 했다. 그리스 신화에 따르면 아테나 여신은 지혜, 전쟁, 공예를 맡고 도시를 지키는 로마 신화의 미네르바, 제우스와 메티스의 딸로, 어머니 없이 완전히 자란 어른인 상태 갑옷과 투구로 완전 무장한 채 아버지 제우스의 머리에서 태어났다. 신화로 전해져 내려오는 얘기로는, 아테네의 이름이 정해지지 않았을 무렵 아테나 여신과 그녀의 삼촌 바다의 신 포세이돈이 이 도시의 수호신 자리를 놓고 다투었다고 한다. 두 신은 누가 이 도시에 더 이로운 선물을 선사하느냐에 따라 승패를 결정짓기로 하고 당시 그 지역 왕인 케크롭스 1세에게 판단을 부탁했다. 포세이돈은 트리아이나를 땅바닥에 꽂아 염수가 솟는 우물을 만들었다고 하며, 아테나는 그에 맞서 올리브 나무를 선사하고 그 나무를 기르는 방법을 가르쳐 주었다. 이 경쟁에서 케크롭스 1세는 아테나 여신의 편을 들어주었고, 그 때문에 아테나의 이름에서 유래한 아테네가 도시의 이름이 되었다 한다.

소크라테스 감옥은 기원전 399년 소크라테스는 그의 나이 70
세에 '청년들을 궤변으로 현혹시키고 이상한 이론으로 사회 질서
를 문란케 한 죄, 신을 인정하지 않고 부정한 죄'를 저질렀다는 혐
의로 감옥에 갇혀 사형에 처해진 곳이다.

소크라테스의 '문답법'과 '산파술'이 있다. 소크라테스는 해답
을 제시해 주지 않고 도덕과 철학의 바탕위에 명료하게 '선함' 등
에 대해 설파하곤 했다. 아테네에서 계속 산파술을 발표하여, 결

국 자신이 안다고 생각하는 것은 정말로 아는 사람이 없다는 것을 깨달았다. 똑똑한 사람들은 자신이 모른다는 무지를 몰랐다는 것을 알고 그는 아테네에서 가장 현명한 사람이라고 깨닫게 되었다는 것이다. "너 자신을 알라" 라는 말은 델포이 신전 입구에 새겨져 있는 말이기도 했다.

"이제 떠나야 할 시간이 되었습니다. 각기 자기의 길을 갑니다. 나는 죽기 위해서, 여러분은 살기 위해서, 그러나 어느 쪽이 더 좋은지는 오직 신만이 알 뿐입니다."

'소크라테스의 감옥'이라고 안내하는 곳으로 갔다. 창살이 있었고 동굴이 있었다.

아테네는 기원전 5세기 초에 페르시아의 침입을 받았지만 '마라톤 전투'와 '살라미스 해전'에서 대승을 거두었고, 이후 페르시아의 재침에 대비하기 위해 연안 국가들을 끌어들여 '델로스 동맹'을 맺었다. 이후 페리클레스가 이끈 아테네의 민주정은 더욱 발전하였고 아테네는 지중해 무역의 중심지로서 상공업과 문화가 번성하였다.

아테네의 '민주정'은 시민들이 폴리스의 크고 작은 일들에 의견을 내고 투표를 하는 민주주의 통치 방식이다.

아테네의 북서쪽에는 고대 장터였던 '아고라'가 있다. 아고라 부근에서 발굴된 거리들과 아크로폴리스 북쪽 사면의 화려한 플라카 지구에 고대 아테네의 모습이 아직도 생생하게 남아 있다. 아고라에서는 그리스에서 일어나는 크고 작은 일들에 대한 토의와 그에 대한 투표가 이루어졌다고 한다. 사람들은 정치뿐만 아니라 철학이나 과학, 예술에 대해서도 이야기를 나누곤 했다. 말하자면 아고라는 아테네의 민주주의를 펼친 중요한 장소이다.

크레타의 미노아 문명과 미케네 문명의 맥을 이어받아 찬란한 그리스 문명의 꽃을 피운 아테네, 고전기 아테네는 강력한 도시 국가였다. 예술, 학문, 철학의 중심지였던 플라톤의 아카데메이아나 아리스토텔레스의 뤼케이온도 아테네에 있었다. 기원전 5세기와 4세기경 아테네가 이룬 문화적·정치적 업적이 당시 유럽 대륙의 여러 지역에 영향을 끼쳐 이 도시는 서구 문명의 요람이자 민주주의의 고향으로 널리 인정받고 있다. 아테네에서 1896년 제1회 근대 올림픽 대회를 개최하는 영광을 얻게 되었으며 108년 뒤에 다시 2004년 하계 올림픽을 개최하였다.

전 세계의 관광객들은 하나같이 그 웅장함에 극찬을 아끼지 않지만 그 중에서도 으뜸을 꼽으라면 아테네의 아크로폴리스를 꼽는 것을 주저하지 않는다. 고대 그리스의 도시 안에서 핵심적인 기능을 담당하는 구역을 아크로폴리스라 부르는데, 아테네의 아크로폴리스는 한때 번성했던 국가의 흔적들이 기곳저곳에 남아 있어서 고고학적으로도 높은 가치를 인정받아 1987년 유네스코 세계문화유산으로 지정된 바 있다.

Italia

# 피렌체의 꽃들

태양 아래 축복으로 피어 있는 꽃

주황빛의 도시가 꽃이요 보석이다


빨갛고 둥근 지붕, 다양한 건축들로

이야기 숨어 있는 꽃의 줄기 세웠다

두오모(산타 마리아 델 피오레 대성당), 산조바니 세레당

산타크로체 성당, 베끼오 궁전, 우피치 미술관, 바르젤로 미술관,

피티 궁전, 팔라초 스트로치와 팔라초 루첼라이,

메디치 리카르디 궁전, 산타마리아 카르미네 성당, 산토 스피리토 성당

아카데미아 미술관, 시뇨리아 광장


건축가, 과학자, 예술가들 사람 꽃 되어

들려주는 옛이야기에 귀가 솔깃하다

미켈란젤로, 보티첼리, 레오나르도 다 빈치,

브루넬레스키, 기베르티, 조토 필리포, 티치아노

카라바조, 도나텔로, 치마부에, 알베르티, 마사초, 비사리

프라 안젤리코, 미켈로초, 피에로 델라 프란체스카

단테, 마키아벨리, 갈릴레오


작품들 꽃 송이에 매달린 벌 나비로 날았다

〈모나리자〉〈최후의 만찬〉〈동굴의 성모〉〈수태고지〉〈아카데미아〉

〈우르비노 공작과 공작 부인〉〈봄〉〈비너스의 탄생〉〈성가족〉〈우르비노의 비너스〉

〈다비드 상〉〈신곡〉〈군주론〉...


피렌체와 한 몸 되어 꽃으로 핀 예술가, 예술품

꽃 피운 세월들, 아름다워라

# 르네상스가 탄생한 꽃의 도시 **피렌체**

피렌체는 이탈리아 중부 토스카나 지방으로 로마에서 북서쪽으로 약 230 키로미터 떨어져 있다. 화려하고 아름다운 꽃의 도시로 고대 로마의 토스카나 병영도시로 시작된 피렌체에서 르네상스가 탄생했다. 중세의 암흑을 걷어내고 유럽 역사의 근대가 동텄던 15-16세기의 르네상스 시대는 지적, 예술적, 과학적 문예부흥 시기다. 과학혁명의 바람에는 르네상스가 있었으며 많은 예술가와 과학자가 피렌체에서 활동했다. 이들은 세상을 완전히 새롭게 이해했으며 만들어갔다. 메디치 가문이 후원을 하여 아름다운 문화와 경제적 풍요를 꽃 피웠다.

천재를 존경하고 후원함으로써 찬란한 르네상스를 꽃피웠던 꽃의 도시 피렌체에는 600년에 걸쳐 일어난 예술 업적이 도시 곳곳에 펼쳐져 있다. 고딕과 르네상스 시대의 옛 시가지가 그대로 남아 있는 이곳은 1982년 유네스코에 의해 세계문화 유산으로 지정되었다.

피렌체는 로마, 베네치아와 더불어 이탈리아가 자랑하는 세계적인 문화 도시이다. 시가지 중심부 전체가 커다란 박물관이라고 말할 수 있다.

고대 로마 시대부터 부유한 곳으로 알려졌던 토스카나 지방의 중심 도시 피렌체는 13세기에 이미 문학, 과학, 예술의 도시로 이름이 알려져 있다. 피렌체는 어느 공화국보다 풍부한 경제력을 갖추고 있었으며, 피렌체의 상인들은 경제뿐만 아니라 정치와 종교, 예술에 이르기까지 많은 분야에서 막강한 영향을 미쳤다. 피렌체는 경제력을 바탕으로 당대 최고의 인문학자, 과학자, 예술가들이 모여들면서 인류 역사상 가장 위대한 문화 운동 중 하나로 평가받는 르네상스 새로운 문화를 만들어 냈던 문예 부흥 운동의 중심지가 되었다.

두오모로 잘 알려진 산타 마리아 델 피오레 대성당은 피렌체를 상징하는 건축물로 꽃의 성모교회라고 불리기도 한다. 피렌체의 건축물 가운데 가장 높고 웅장하며, 세계에서 4번째로 큰 성당으로 피렌체 시민들이 도시의 번영을 상징하는 종교 건축물을 짓기로 하고 건설했다. 로마네스크, 고딕 양식과 고대 로마의 건축 양식이 혼합된 두오모는 르네상스 양식을 대표하는 건축물이다. 로마의 건축 양식은 대성당에서 가장 높은 곳에 있는 8각형 돔에서 볼 수 있다. 두오모의 돔 안쪽에는 그 유명한 최후의 심판이 그려져 있다. 피렌체 두오모의 최후의 심판은 지오르지오 바사리의 작품이다.

두오모 입구 남쪽에 이탈리아에서 가장 높은 82m의 조토의 탑이 있다. 이 종탑은 당시 3명의 건축가가 만들었는데, 1층은 조토가 설계하고 건설했으며 2층은 안드레아 피사노가, 그리고 종을 매단 제일 높은 3층은 탈렌티가 완성했다. 토스카나 지방에서 생산된 흰색, 연두색, 빨간색 대리석을 이용하여 지었다. 웅장하고 화려한 색상은 이탈리아 국기의 색을 품고 있다.

두오모 앞에는 8각형 모양의 산 조반니 세례당이 있다. 피렌체 유적지 중 가장 오래된 것으로 4세기경에 지어졌다. 단테를 비롯하여 수많은 사상가와 예술가, 귀족들이 이곳에서 세례를 받았다고 한다. 이 세례당은 하얀색과 연두색 대리석을 이용하여 지은 것으로, 아름다운 모자이크 조각과 출입문이 유명하다. 특히 원근법의 대가인 로렌초 기베르티가 제작한 세례당의 동쪽문은 구약 성서의 여러 장면이 청동으로 새겨져 있다. 1401년 전염병인 페스트로 부터 피렌체가 해방된 기념으로 만들어진 이 문을 미켈란젤로는 천국의 문이라 하여 극찬했다.

　그 앞에 관광객을 위한 마차를 끄는 말이 옆으로 눈을 돌리지 못하게 좌우 옆 눈을 가리고 여물통을 목에 걸고 서 있다. 두오모 근처에는 그것을 그린 그림들과 화가들이 즐비하다.

피렌체 역 가까운 곳에 단테의 생가가 있다. 단테가 쓴 『신곡』은 세계 각국의 언어로 번역되어 전 세계 사람들에게 널리 읽혀진 책이다. 그곳에 신곡의 지옥편 연옥편 천국편이 조감도처럼 그려진 모형이 있다. 죽은 후에 영혼이 여행하면서 겪은 이야기를 담고 있는데, 중세의 정신을 이야기하면서 르네상스의 필요성을 역설하는 등 인류 문화가 지향할 목표를 제시해 주었다. 단테의 집 앞 돌바닥에 그의 얼굴상이 돌조각 되어 있어 흥미로웠다.

폰테 베키오, 베키오 다리는 덮어진 다리위로 피렌체 은행가들이 부를 보여주듯 건물로 가려져 있어 다리라는 느낌이 들지 않는다. 피렌체를 흐르는 아르노 강을 남북으로 이어 주는 다리로 제2차 세계 대전 때 폭격으로 강의 많은 다리가 파괴되었지만, 베키오 다리는 지금도 옛 모습을 보존하고 있다.

베키오 다리에는 금속 공예품과 액세서리를 파는 수십 곳의 상점이 모여 있는데, 르네상스 이후 금세공 장인들의 공방이자 생활 공간의 흔적이 남아 있다. 피렌체가 이탈리아를 대표하는 보석, 귀금속 공예품 도시로 명성을 얻는 데 크게 공헌했던 곳으로 각국의 깃발이 걸려있다. 아르노 강의 풍경이 아름다운 데다가, 세기의 연인인 단테와 베아트리체가 만난 곳이기 때문에 더욱 낭만적인 장소로 유명하다. 그곳을 걸으면 중간에 강이 보이는 지점이 나오고 조각상이 서 있다. 푸치니의 오페라 잔니 스키키에 '오 사랑하는 나의 아버지'에 폰테 베키오와 아르노 강이 나온다.

피렌체가 한눈에 보이는 미켈란젤로 광장은 미켈란젤로 탄생 400주년을 기념하여 조성되었다. 그 언덕에 커다란 〈다비드〉 상이 서 있으며 아르노 강이 흐르는 아름다운 도시 피렌체가 한눈에 들어온다. 중앙에 우뚝 솟아 있는 두오모와 시뇨리아 광장을 중심으로 오른쪽에는 옛 사람들이 잠들어 있는 산타 크로체 성당과 우피치 미술관, 바르젤로 미술관이 펼쳐지고, 왼쪽으로는 넓은 숲과 어우러진 피티 궁전과 산토 스피리토 성당이 보인다. 이곳에서 피렌체를 바라보면 피렌체가 얼마나 고풍스럽고 매력적인 도시인지 알 수 있는 그 곳에서 같이 온 청솔과 기념사진을 남겼다.

미켈란젤로는 어린 시절부터 작업장을 드나들며 돌이 어떤 형상으로 바뀌는 과정을 즐겨 보곤 했다. 아버지의 바람과 달리 기를란다요의 공방에서 그림을 배운 뒤 메디치 가문이 산마르코 성당 정원에 세운 조각학교에 입학했고, 그곳에서 로렌초 메디치의 적극적인 후원을 받으며 조각에 전념할 수 있었다. 스물다섯 남짓한 나이에 로마에서 〈피에타〉를 완성하면서 세간의 환호성을 자아낸 그는 피렌체로 돌아와 4미터 높이의 〈다비드〉 상을 만들어 다시 한 번 주목을 받았다.

메디치 가문은 피렌체 공화국의 평범한 중산층 가문이었으나 은행업으로 상당한 부를 축척하면서 유명해진 가문이다. 메디치 가문이 역사에 드러난 때는 1400년부터이며 이때부터 1748년까지 약 350년간 지속되었다. 피렌체를 대표하는 부자이자 많은 권

력을 갖고 있었던 메디치 가문의 가훈은 겸손, 신의, 결단 이었으며 르네상스의 건축가와 예술가들을 아낌없이 도와주었다. 15세기 중반 건축가들을 불러들여 멋진 건축물들을 짓게 했다. 또 수많은 화가와 조각가에 대해서도 지원을 아끼지 않았다. 피렌체 사람들로부터 영원한 '나라의 아버지'로 불렸던 코시모 데 메디치와 '위대한 자' 로렌초 데 메디치가 있다. 메디치 가문에서는 르네상스 건축가와 예술가를 지원하는 일 외에도, 플랑드르의 화가들을 비롯하여 유럽에서 활동하던 많은 예술가의 작품을 구입하였다. 메디치 가문의 마지막 후계자인 안나 마리아 루이사는 수 세기에 걸쳐 가문에서 모아 온 예술품과 건물을 피렌체 시민들을 위하여 기증했다. 아무 조건 없이 시민들에게 미술관과 예술품을 돌려주었다. 하지만 작품들은 피렌체 밖으로 나갈 수 없다는 단서가 많은 작품들을 피렌체에 머물 수 있게 하였고 모두를 위한 피렌체를 만든 것이다.

14-16세기에 일어난 문예부흥, 문화혁신, 르네상스는 재생과 부활을 의미한다. 피렌체는 인류의 삶에 커다란 전환점을 마련해 주었던 르네상스의 발상지이다. 피렌체 출신의 인문학자와 사상가, 예술가 들이 남겨 놓은 이론과 작품은 아직도 현대인들의 사랑을 받으며 깊은 영감을 주고 있다. 진정으로 학문과 예술을 사랑하는 사람들이 태어나 활동하고, 그들을 아낌없이 후원했던 사람들의 흔적으로 가득한 피렌체는 도시 자체가 진정한 르네상스라고 말

할 수 있다. 진정으로 아름다운 세상은 신과 인간이 함께 만드는 것이라는 아주 평범한 진리를 깨달을 수 있다.

Spain

# 오렌세의 보라

스페인 오렌세* 옛다리에 서서

정열의 햇살 받았다

너를 만나러 오기 위해

숨죽이고 기다리며 준비하고 달려왔다


강물은 흘러가며 뒤에 오는 강물에

전달하라 외쳤다

그녀가 도착할 때까지

쉼없이 끊임없이 흘러

그녀가 도착하면

그때 그때도 지금처럼 흘렀노라고

수천년이 걸렸어도


변함없는 그대로였노라고

그 사랑 그대로였노라고


*오렌세
스페인 갈리시아 지방의 중세도시, 산티아고 근처에 있다. 2016년 제 82차 세계 PEN 대회가 열렸다. 2000년 시작 전 밀레니엄 디지털코드 호환에 숨죽이며 카운트다운한 통신회사들 밀레니엄 다리가 그곳에 있다.

그리고 오늘

다시 너를 만났다

## 산티아고 순례길에서도 가까운 중세풍도시 오렌세

오렌세Ourense 주는 스페인 북서부에 위치하며 스페인어와 갈리시아어를 쓰는 갈리시아 지방의 주도이다. 갈리시아 지방에서 바다에 접하지 않는 유일한 주이기도 하다. 남쪽으로 포르투갈, 서쪽으로 폰테베드라 주, 북쪽으로 라코루냐 주와 접하고 있는 곳이다.

오렌세는 스페인의 중세도시이다. 또한 유명한 산티아고 순례길과도 인접해 있는 도시이다.

나는 이곳을 여행하기로 결정하기 전까지는 이 지구상에 그런 이름의 도시가 있다는 것도 몰랐다. 스페인 일주 여행 직전, 그곳이 산티아고에서 멀지 않다는 것을 알아채고 그곳으로의 나의 여행은 시작되었다. 제82차 국제펜대회가 그곳에서 열리는 것은 그들 나름의 자부심이 있었기 때문이리라 생각되었다. 펜 대회도 기웃거리고 산티아고를 걸을 것이라 작정하고 떠났다. 그곳에도 조개껍데기 까미노 순례자의 표지가 있었다. 마드리드 차마틴 역을 출발한 기차가 오렌세 역에 도착했다. 오래된 중세풍의 도시가 오렌세라고 적힌 이름자를 달고 기다리고 있었다.

펜 대회 장소에서는 멀지 않은 중세와 현대가 공존하는 호텔의 내가 묵은 방은 모서리의 작은 방이었다. 창문을 열면 공원이 보이는 곳으로 중세 때의 호텔은 아니지만 꽤 오랜 역사의 장소 같았다. 엘리베이터는 바로 문이 열리지 않고 밀고 들어가야 하고 뭔

가 수동으로 작동해야 하는 것도 있었다.

　현대적인 호텔에 익숙해진 여행자로서는 이런 불편한 낯설음이 오히려 반가웠다. 정식으로 초대된 인원 외에 따라온 여행자여서 회의에 매 시간마다 참석을 해야 할 이유는 없었다. 잠깐씩 회의장을 빠져나와 시내를 돌아다녔다. 그리 크지 않은 시내라 지도 한 장이면 충분했다.

대성당은 고딕 양식으로 장엄하고 거대했다. 572년에 건설되고 13세기에 재건되었다고 한다. 안에 있는 16세기의 그리스도교 예배당은 갈리시아 전역에서 숭배되고 있는 십자가를 소장하고 있으며 옛 주교관의 일부는 주립고고학박물관으로 쓰인다고 한다.

성당을 지나 오르막을 오르면 비스듬한 언덕배기 위에 공동묘지가 있었다. 도시가 잘 보이는 곳에 위치한 공동묘지는 흔히 그렇듯 그 지방의 역사를 안고 살았던 인물들이 그곳에 누워 있으리라. 익숙하지 않은 낯설음이 찾아들었고 그래서 특별했던 것도 같다. 땀이 배어났으나 이른 가을의 상쾌함이 여행자를 설레게 했다. 제멋대로 어우러진 들풀들과 아름다운 야생화 천지였다. 어느때부터 나는 잘 가꾸어진 정원의 화초들보다 자유로운 들풀이 좋았다.

## 중세풍의 아름다운 오래된 다리

 미뇨 강을 가로지르는 오래된 다리는 스페인에서 가장 훌륭한 교
량의 하나라고 한다. 미뇨 강의 동안에 자리 잡고 있는 이 다리에는
7개의 아치와 높이 45미터인 중앙 교각이 있다. 오래된 다리 하류
지역에 2000년 시작을 알리는 '밀레니엄 다리'라는 이름의 현대식
디자인의 새로운 다리가 묘한 대비의 아름다움을 보여주고 있다.

'오렌세' 지명은 이곳의 온천들에서 유래했다. 로마인들이 '우렌타이'라고 불렀던 온천들이었다고 한다. 언젠가 다시 이 길을 걷는다면 천연온천의 땅 오렌세의 이름 같은 그곳에서 온천도 하고 와야겠다고 야무진 계획도 품어보았다.

다른 여행지와는 달리 한 도시에서 여러 날 머물게 되어 그 마을의 구석구석까지 볼 수 있었다.

펜 대회 일정 중에 비스포 황제 광장에서 '빈 의자' 행사가 있었다. 그 행사를 보도하는 갈리시아 지방 신문에 얼떨결에 내 모습이 나온 사진이 실렸던 일도 특별한 경험이었다.

왕립파이프 밴드의 공연은 특별한 볼거리를 선물하였다.

광장에서 행사가 끝나고 오렌세 주요 극장으로 이동할 때 검은 의상에 빨간 깃털 옷을 입은 오렌세 파이프 밴드가 중세 도시의 모습이 고스란히 남아 있는 거리를 연주하며 지나갔고, 그 길을 따라 펜 대회에 참석한 85개국 183명의 국제 펜 작가들이 함께 걸었다. 이방인에게는 그런 경험이 오래도록 마음에 남아 있는 여행지로 남는 듯 했다.

오렌세는 중세때에 형성된 구역과, 19세기에 확장되면서 생긴 구역, 그리고 현대에 들어서서 생긴 주변구역 등 세 구역으로 이루어져 있다. 중세의 모습을 그대로 간직하고 있었던 길은 큰 돌을 박아서 만들어진 바닥으로 이어져 있었다. 도시의 바닥에 깔린 돌덩이는 몇 백 년을 그 모양으로 변함이 없었다.

# La Región

**Hoy con el periódico**
**Extra Turismo Local**
Lo mejor de la provincia, al descubierto

**Y además...**
**+Deporte** Comienza una nueva temporada, contamos contigo
**Extra Stages** Manzaneda, lugar ideal para entrenar

## ELECCIONES AUTONÓMICAS

# Sánchez responde al fracaso del 25-S con un desafío a sus críticos

**líder del PSOE quiere unas primarias**, que muchos rechazan, para ratificar su "no" a Rajoy
ballero, Seara o Quintas piden "explicaciones" por los malos resultados en Galicia **PÁGS. 2-11**

### Feijóo: 'Ning galego foi derrotado, Galicia toda ela gañou'

### Baltar: 'El PF de Ourense r tiene techo'

**MÁS NOTICIAS...**

Promociones Ti se hace con el Gr Hotel San Mart por 3,73 millone

Dos argelinos reconocen robo 24 casas de chi

Restos arqueoló en O Barco enca la circunvalaci

Ourense desbl 421.000 euro para ayudas so

XESÚS FARIÑAS

stentes al congreso del Pen Club posan en Bispo Cesáreo antes de iniciar las sesiones de trabajo que desarrollarán en Ourense.

en Club vierte a rense en tal literaria ernacional

as de escritores n en la ciudad 82 congreso

**PÁG. 5**

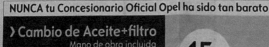

# 헤라클레스 등대

이 천년 위용 물방울로 가렸다 벗었다

등대는 안개에 몸 감싸고 있다

머리 조아리는 병사의 행렬인 양

분홍 꽃은 아예 땅에 머리 박고 피어 있다

마타리 노란 꽃이 일렁대며 부산스럽게

멀리서 온 나그네 반긴다

전설의 영웅이라 쉽게 몸 보이지 않음

서운치 말라 한다

그때나 지금이나 길라잡이 등대는

가느다란 불빛 하나에 이야기에 이야기 덧대어 나간다

헉헉대며 오른 등대 꼭대기에서

플라멩코 무대에서 갓 튀어나온 듯 한 연인이

격정의 키스를 한다

헤라클레스라고 불만 켜지는 않았던 것 같다

정염 같은 사랑의 불꽃이 등대의 불빛으로 남아

그 이름자 달고 서 있으리라


불빛에 이끌려 온 나그네는

불꽃이 되었다는

전설 같은 헤라클레스 등대

# 헤라클레스 탑이 우뚝 서 있는 푸른 바다의 전설
# 라 코루냐 (La Coruña)

스페인 무적함대의 최후의 기항지이며 바다의 가장 끝, 세상의 끝을 다녀왔다.

에스파냐(스페인) 북서부 갈리시아 자치지방 라 코루냐주에 있는 자치 시이며 두 번째로 큰 도시이다. 북서부는 대서양에 면하고 남부는 포르투갈과 접경한 곳으로 연안은 리아스식 해안이며 항구도시이다. 마드리드 북서쪽, 대서양 베탄소스만에 돌출한 곳에 있다. 에스파냐의 주요 항구로 대서양 항로의 정박지를 이루었다고 한다.

대서양의 라 코루냐만(灣)에 면해 있으며, 에스파냐의 주요한 항구로 대서양 항로의 정박지를 이루고 있다. 기후는 온화하며 포르투갈과의 국경 근처에 있는 비고와는 철도가 통하고 있으며 국제간의 거래도 성한 곳이다.

우리나라에는 많이 알려지지 않았으나 푸른 바다의 전설을 촬영한 곳이라고 새롭게 소개되기도 하며 점점 알려지고 있는 도시이다.

헤라클레스의 탑 [Tower of Hercules]은 세계에서 가장 오래된 등대이다. 대서양의 라 코류나만(灣)에 면한 코루냐 항구도시의 입구에 있다. 로마인들이 에스파냐에 파룸 브리간티아(Farum Brigantia)를 건설했을 때인 AD 1세기 후반에 등대와 경계 표시용으로 설치했으며, 1791년 복구했다. 그리스·로마의 혼합미술양식인 그레코로만 양식의 등대로는 유일하며 에스파냐에서 두 번째로 높은 등대이기도 하다. 57미터 높이의 바위지대 위에 사각형으로 우뚝 서 있으며 탑 자체의 높이는 55미터이다. 2000년 역사를 가진 등대는 유일하게 남아있는 그리스 로마시대양식의 등대다. 놀랍게도 현재까지 해상신호를 보내는 등 작동을 하고 있다고 한다. 2009년 6월 세계문화유산으로 등재되었다.

헤라클레스 등대를 나와서 코루냐 미술관을 들렸다. 층마다 특색 있는 그림들이 전시되고 있었다. 삼총사 그림 외 여러 가지 그림들을 감상하고 특별 전시된 고야의 그림을 보았다. 프라다 미술관에 전시된 프란시스 고야 (1746-1828)의 그림 중 다른 곳에서의 전시에는 없던 다른 시기의 그림이 전시되고 있었다. 특별한 체험이었다. 1797-1799, 1814-1826의 스케치와 크로키 그림이 전시되고 있었다. 화려하고 밝은 느낌이 사라지고 자신의 심리상태가 블랙페인팅이 전시실을 가득 채우고 있었다. 그것들은 20세인 표현주의 초현실주의에 영향을 준 듯하다. 이성이 잠들면 괴물이 깨어난다고 한 그의 말을 생각했다. 스페인을 다녀와서 고야에 대한 책을 찾아 읽었다. 고야의 그림 중 그곳에서 찍은 사진이다.

미술관을 나와서 다녀온 곳이 산 안톤성이다.

스페인 무적함대의 명성을 일궈낸 천혜의 요새인 산 안톤성은 16세기 해상으로 침투하는 적을 막기 위해 건설한 요새로 주로 영국군과 싸우기 위해 만들어졌다. 500년이 된 이곳은 지금은 박물관으로 오래된 물건들이 전시되어 있었다. 그 당시에 사용했던 배 한척이 전시되어 있었다. 망루에 앉아 있는 비둘기, 노랗게 이끼낀 망루가 세월의 흔적을 보여준다. 라 코루냐 마리나가 한 눈에 보이는 망루에서 스페인 역사의 한 면을 보았다.

요트와 배들이 즐비한 해안가를 산책하고 현지인들이 불러주는 노래를 들으며 저녁식사를 하는 시간도 황금 같은 한때였다.

　바닷가에서인지 등대 생각이 머릿속에서 머문다. 아무 것도 보이지 않는 암흑 속에서 길을 잃었을 때, 멀리서 보이는 한 가닥의 불빛, 가장 어두운 순간에 만나는 빛이 등대일 것이다. 등대 같은 사람이 중요하다는 생각을 했다. 살아가면서 어떤 사람이 되고 싶냐고 물었을 때, 바른 길로 인도하는 등대, 흔히들 듣는 말이 등대 같은 사람이라고들 한다. 파도치고 캄캄한 밤길에 묵묵히 서서 비추는 등대의 한줄기 빛, 얼마나 많은 이의 빛이 되어 주었을까.

　먼 바다를 향해 빛을 비추는 듯, 진리의 빛으로 세상 사람들에게 길을 밝히는 등대와 같은 사람이 그대들 당신이 아니 일까!

# 성 가족 성당의 숲에서

나무와 꽃이 사는 빛나는 성당

깊은 숲속에 앉아 신을 만나는 기도의 시간

나뭇가지 갈라지는 기둥들 위에 잎 피고 꽃 피어 있다


한 도시를 꽃 피운 천재 건축가 안토니오 가우디

자연을 끌어와 기도와 섞어 놓은 그는

산보 나갔다 기찻길 사고로 별이 되어

성당 아래에 누워 뭇 사람들 기도 듣는다

신이 머무르고 기도하는 곳

예술이 모두의 가슴을 열어

그 후 100년 동안 이어져

세계 관광객들 몰려와 입장료로 성당 짓는다

자연으로 신에게 닿는 지상의 시간

그의 영혼은 결코 고독하지 않았으며

영혼의 무위로

오늘도 한 땀 한 땀 모든 이들이 오를 수 있는

천상으로의 계단을 쌓고 있으리라


신의 은총으로 영혼 어루만지는 성당의 숲에서

천개의 문을 여는 태양빛에

황홀해진다

# 천재건축가 가우디의 도시 **바르셀로나**

바르셀로나는 카탈루냐 지방의 중심 도시로 2천년의 역사가 있는 스페인에서 두 번째로 큰 도시다. 이 도시에는 1992년 개최된 하계 올림픽의 주경기장인 몬주익 올림픽 경기장이 있어, 우리에게는 황영조 선수가 마라톤 금메달을 딴 곳으로 잘 알려져 있다. 바르셀로나 서부 상업지구에 위치하고 있는 몬주익 언덕은 고도 213미터로 커다란 바위에 황영조 선수의 뛰는 모습이 새겨져 있으며 도시 전경을 한눈에 볼 수 있다. 그곳에서 '성가족 성당'이 멀리 오른쪽으로 보인다.

바르셀로나는 지중해 도시 중에서 많은 예술가들의 사랑을 받았던 예술가의 도시로, 천재 건축가 안토니오 가우디의 도시다. 도시 곳곳에는 누구보다도 바르셀로나를 사랑했던 건축가 안토니오 가우디의 영혼이 살아있다. 그는 1852년에 바르셀로나 인근 도시 레우스에서 탄생했다. 1874년 바르셀로나 건축학교 입학하여 자신만의 건축양식을 만들어갔다. 뛰어난 예술 감각을 지닌 팔라우 구엘의 후원으로 자신의 스타일대로 여러 가지 작품들을 남겼는데, 자연을 관찰하고 그 속에서 마음껏 상상하며 꽃, 포도나무, 올리브 나무, 영원한 스승인 자연의 순수함을 통해 상쾌한 이미지를 담았다는 찬사를 받고 있다. 아직도 진행형인 가우디의 건축은 예술적 조형미의 극치이며, 도시의 빛이 되어 세상에서 빛을 이

어가고 있다. 가우디의 건축은 1882년 건축을 시작하여 근140여 년 동안 짓고 있지만 아직 미완성인 상태이다.

# 사그리다 파밀리아 성당, '성 가족 성당'

'성가족'은 예수와 마리아, 요셉을 뜻한다. 사그라다 파밀리아는 바티칸의 산 피에트로 대성당에 큰 감명을 받은 어느 출판업자가 바르셀로나만의 대성당 건축을 계획하고 모금운동을 통해 1882년에 건축이 시작되었는데, 1883년, 30살이 갓 넘은 가우디는 스승 비야르가 포기한 성당의 건축을 맡게 된다. 그 후 40여 년 간 숨을 거둘 때까지 남은 생을 바쳐 설계하고 감독한 최대의 프로젝트였다. 이 거대한 성당에는 건축 구조에 있어서 직선이 없다. 구엘 공원에서 이해하고 느낀 곡선의 미, 자연과 조화를 추구했던 안토니 가우디의 건축 방식이 고스란히 드러난다. 즉 모든 선이 자연 모습 그대로의 곡선이다. 일반적인 건축 양식을 벗어난 파격적인 면모이다. 가히 세계적인 건축 역작으로 불릴 만한 입구인 파사드는 예수 탄생과 수난, 영광 등을 주제로 종교적 교훈을 전하고 있다.

　카메라 렌즈를 당겨서 그의 생전에 완성된 예수 탄생 부문의 조
각들을 담아 보았다. 아기예수 탄생, 아기를 죽이는 로마병사와 성
가족의 이집트 피난길, 어린예수를 찾는 요셉과 마리아 등이 조각
되어 있다. 가우디가 어릴 적에 보고 자란 몬세라트 산의 바위 봉
우리는 '사그리아 파밀리아' 성당을 구상하는데 영감을 주었다. 사
그라다 파밀리아 성당은 지난 1882년 착공되었지만 100년이 훌
쩍 지난 현재까지도 여전히 건축 중이다. 공사비는 후원금과 방문

객들의 입장료 수입으로 충당한다. 2021년 12월 상층부 첨탑의 거대한 별 조형물, 높이는 7m로 무게는 5.5톤에 달하며 '성모 마리아 대축일'을 기념하기 위해 별 조형물을 설치했다. 당초 가우디 사망 100주기인 오는 2026년 완공될 예정이지만 신종 코로나바이러스 감염증 코로나19 확산 여파로 공사가 지연되어 완공 예정일이 미루어지도 모른다. 이 미완의 걸작은 세계문화유산으로 1984년에 등재되었다.

사그라다 파밀리아 성당안의 모습은 편안한 숲과 같은 모습으로 설치되었다. 영광된 빛이 성당안의 색채를 밝게 비추고 거목이 늘어선 숲 한가운데 매달려 있는 예수의 상이 있다. 누구나 쉽게 와서 신과 만날 수 있는 느낌으로 숲에 들어온 느낌이다. 이 성당은 종교를 올바르게 볼 수 있고 넓게 열려진 공간이다. 스테인드글라스를 통해 들어오는 빛이 참 아름답다. 숲속의 눈부시게 빛나는 나무와 꽃들이 성당 안에 고스란히 담겨 있음을 볼 수 있다. 동물들이 등장하고 빛과 색채에 능했던 그의 바램처럼 오색 빛으로 채색된 스테인드글라스를 통과한 빛이 오묘한 색을 밝히며 성당 안을 물들인다. 제아무리 강한 전등일지라도 태양빛에 비교하면 우스울 뿐이다. 거목이 늘어선 숲 한가운데 섰다. 빛, 신이 빛의 형태로 존재하기도 하며 야자수 숲의 나무가 어우러져 풍경이다. 빛은, 이곳을 찾는 모든 이에게 자연 채광의 신의 은총으로 영혼을 어루만진다.

가우디는 성당공사 산책 그리고 기도의 삶 중 1926년 74세에 전차에 치어 생을 마감하기까지 40여년간 집념과 열정으로 성당 건축에 깊이 몰두하지만 완성된 성당을 보지 못했다. "슬프게도 내 손으로 성 가족성당은 완성시키지 못할 것이다. 내 뒤를 이어 완성시킬 사람들이 나타날 것이고 이러한 과정 속에서 성당은 장엄한 건축물로 탄생하리라". 그는 자신은 미완성이었지만 꿈이 이어질 것을 알고 있었다. 이루지 못한 꿈 안토니 가우디는 성당아래에 묻혀 있다. 그의 생애 마지막 12년은 오직 성당에만 집중을 했다. 예수의 탄생과 죽음 그리고 부활 신의 기적과도 같은 건축으로 완성하고자 신이 자연을 창조한 예술가였듯 천재 건축가 가우디 역시 예술가였다.

## 까사 밀라, 라 페드레라

　1910년에 완성된, 공동 주택, 일종의 계획 아파트로 디자인한 건축물이다. '카사 밀라'라는 이름보다 채석장이라는 별칭의 '라 페드레라'라는 이름으로 더 잘 알려져 있다. 자연의 유연한 일부로서 바다를 닮은 저택은 거대한 돌덩이처럼 생긴 건물의 외관에서의 유연한 곡선과 기능적인 측면, 자연적인 형태가 조화를 잘 이루고 있다. 바다와 파도의 굴곡, 물결을 연상하게 하는 외관과 바위 위의 해초 모양 미역 줄기를 닮은 발코니의 철제 장식이 특히 아름답다. 대장장이의 피를 이어받아 공감각이 뛰어나며 철을 많이 쓰고 잘 다루었다. 주변 건축물과 어울리지 않는다는 이유로 바르셀로나 시민들로부터 웃음거리가 되기도 했다. 자연과의 조화로 푸른 바다가 출렁거리고 모서리까지 부드럽게 건물 전체가 물결치고 돌이 춤추는 이 파격적인 건물은 1984년 세계문화유산으로 지정되었다.

## 까사 바트요

 1905~1907년에 가우디가 개축한 건물은 마치 동화속의 '요술의 집' 모양을 하고 있고 '까사 바트요'도 유명하다. 지붕은 용의 이미지를 하고 건물 전체는 바다를 테마로 하고 있다. 테라스 모양이 특이하고 건물의 녹색, 청색 타일이 아름답다. 아름다움은 형식과 틀에 얽매이지 않고, 아름다움은 진실의 광채이며 이 광채는 모든 것을 매혹시킨다. 따라서 "예술은 보편성을 지닌다"고 가우디는 말했다.

# 구엘 공원, 가우디 공원

지중해와 바르셀로나 시내가 한눈에 내려다보이는 구엘 공원은 가우디의 상상력과 창의적인 세계, 자연과 인간을 배려한 마음이 가득 담긴 곳이다. 이곳은 1900년대 거대한 도시계획으로 유명 건축가를 후원한 구엘 백작이 영국의 전원도시를 모델로 대규모 주택단지를 짓기 위해 가우디에게 의뢰하여 설계된 곳이다. 구엘과 가우디는 이곳에 고급 주택 60호 이상을 지어 부유층에게 분양하려고 하였다. 그러나 이곳은 돌도 많고 경사진 비탈길이어서 작업을 하는 데 많은 어려움을 겪었다고 한다. 결국 지형적 한계와 자금난 등을 극복하지 못하고 14년이라는 긴 공사 기간에도 불구하고 단지 몇 개의 건물, 구엘과 가우디 그리고 다른 한사람의 3채만 분양되고 커다란 광장, 예술작품 같은 벤치 정도만 남긴 채 야심찬 프로젝트는 미완성으로 끝나고 말았다. 1922년 바르셀로나 시는 이 땅을 사들여 다음해 시립공원으로 재탄생시켰다. 가우디와 구엘의 '이상 주택'이라는 본래의 계획에는 실패했지만 이곳은 가우디의 가장 훌륭한 작품으로 명성을 얻게 되었다.

구엘 공원은 자연을 닮은 하나의 숲으로, 자연 그대로의 모습과 철저히 계획한 인공미가 훌륭하게 조화를 이루는 곳이다. 대자연에서 얻은 영감을 다양한 색과 곡선의 아름다운 건물들 속에 늘 자연이 있다. 화려하고 신비한 모자이크 장식의 타일, 땅

을 고르는 것도 반대한 만큼 자연스럽게 터진 길과 인공 석굴 등 어느 것 하나 가우디답지 않은 것이 없다. 기둥은 나무줄기와 그루터기와 같고 지붕은 산등성이와 산비탈이 있는 산과 같으며 둥근 천장은 포물선 모양의 동굴이고 튼튼한 테라스는 산의 절벽모양이다. 이처럼 가우디의 곡선은 자연에서 왔다. 직선은 인간의 선이고 곡선은 신의 선이다.

 가우디에게 가장 큰 스승은 자연이다. 창조는 인간을 통해 끊임없이 이루어졌지만 인간은 창조하지 않는 대신 그것을 발견할 뿐이다. 가우디 건축은 자연의 근원으로 돌아는 것을 뜻한다. 자연의 형태의 모방뿐만 아니라 자연의 법칙, 자연의 자연의 생명들을 건축에 적용하였다. 자연은 신에게 닿는 길이다. 그는 건축을 통해 그의 사명을 전했으며 창조의 길을 이어갔다.

Portugal

## 꽃씨를 심으며

까만 꽃씨를 보며

꽃으로 필 나를 봅니다


붓꽃도 심고

아주까리도 심었습니다


누가 눈을 떠서

세상과 만날까 궁금합니다


나도 우주의 씨앗으로 왔습니다

내 이름에 맞는 꽃으로 피어야겠습니다

# 이베리아 반도의 성스러운 도시 브라가

브라가는 포르투갈의 정신적 수도로 스페인 오렌세에서 그리 멀지 않은 국경너머에 있다. 오렌세에서 아침 버스를 타고 떠났다. 아침에 캐리어를 싸서 국경을 넘어가는 버스에 실었다.

이런 루트로 여행하는 사람은 아마 나 하나일 것이다. 스페인 국경을 넘어와 포르투갈에 브라가 여행을 마치고 기차를 타고 리스본으로 가는 일정이었다. 삼면이 바다인 우리는 자연스럽게 국경을 넘는 경우가 없다. 그어진 38선은 지워지지도 않고 동족상잔의 비극 6.25에도 엎치락뒤치락, 새로 그어진 이념의 깊은 골은 70년이 지나도 메워지지 않고, 남북은 철조망이 가로막아 갈 수가 없는 땅이 되고 보니 국경을 넘을 때 여권에 도장이라도 찍어야 할 것 같지만 덜컹거림도 없는 것이 왠지 낯설다.

브라가는 이베리아 반도의 서쪽에 위치한 포르투갈 북부 국경 근처에 위치한 브라가주의 주도로서 스페인 갈라시아의 끝자락에 자리 잡고 있는 포르투갈 미뉴주에 속한 도시로 리스본, 포르투에 이어 포르투갈에서 3번째 큰 도시다.

포르투갈 신앙의 고향 브라가는 포르투갈에서 가장 오래된 도시이자 종교적 수도로 70여개 성당이 있다. 6세기부터 대주교가 다스리면서 남유럼 카톨릭의 수도 역할을 했다. 내륙에서 대서양으로 흘러드는 카바두 강을 끼고 있는 브라가는 포르투갈 북부의 허브 도시이자 스페인 산티아고 순례길에 들리는 중요한 경유지이다. 종교에 관심이 많은 여행자들이 들리는 곳이기도 했다.

역사가 매우 오래되어, 신석기 시대부터 사람이 살아온 흔적이 있다. 기원전 136년에는 로마제국의 영토가 되었다가 기원전 20년에 이 지역에 브라카라 아우구스타라는 이름으로 도시가 세워졌고 3세기경에는 이베리아 반도에서 가장 먼저 카톨릭이 전해지기도 했다. 이후 아랍 영향권에 속해 있다가 서기 1000년 즈음이 되어서야 다시 카톨릭 영향권 안에 속하게 된다.

도시를 들러보면서 아랍의 흔적은 찾아볼 수가 없었다. 그 흔적이 철저히 파괴된 모양이다. 이슬람 세력으로 부터 기독교 신앙을 지켜내려는 현실성의 필요에 의해 대항해 시대를 개척하게 한 원동력이 있다. 대항해 시대의 리더 포르투갈의 땅을 처음 밟은 곳이 리스본이 아닌 브라가였다. 포르투갈은 내륙이 스페인과 접하고 있어 거친 대서양과 맞서 이겨야 하는 운명도 있었다.

브라가에 도착해서 제일 먼저 들어간 곳이 시청이었다. 그곳에서 브라가의 역사에 대한 설명을 들었다. 브라가 시청 건물은 제3의 도시 청사치곤 아담했지만 포르투갈에서 가장 정교한 바로크 양식의 외관을 지니고 있다. 2층으로 올라가는 벽에는 아줄레쥬로 된 벽장식이 있었고 그런 장식은 군데군데에서 볼 수 있었다.

아줄레쥬라 불리는 포르투갈의 푸른 타일은, 타일에 푸른 바다색이 난다. 대다수 카톨릭 종교 관련 건물들의 정면과 내부를 장식하는 화려하게 채색된 아라비아 타일이다. 아줄레쥬는 반짝반짝 윤을 낸 돌멩이라는 뜻의 아랍어 '알 잘리즈' 에서 유래한 단어라고 하는데 건축에 타일을 활용하는 것은 이슬람 예술 고유의 특징이기 때문이다.

아줄레쥬는 성당, 궁전, 미술관, 박물관에서 개인 주택에 이르기까지 쓰임새가 다양했다. 건물주는 건물의 미관이나 자신의 부를 과시하기 위해, 혹은 가문과 관련 있는 여러 공적들을 남기기 위해 아줄레쥬를 사용했다는 것이다.

브라가 대성당은 포르투갈에서 가장 오래된 성당이다. 브라가에서 중요한 기념물 중 하나로 역사적 예술적으로 손꼽히는 건축물이다. 로마네스크 양식의 풍요로운 건축물로 3개의 아치는 15세기 말 고딕 양식으로 지어진 것이고, 타워와 첨탑은 17세기 초기 바로크 양식을 사용했다. 브라가 대성당은 산티아고 대성당, 톨레도 대성당이 자리 잡기 전에 이베리아 반도에서 가장 중요한 역할을 한 성당이며 교황청에도 많은 영향력을 행사한 성당이다.

성당 앞에 서 있으니 왠지 중세로 여행을 온 듯 한 느낌도 들었다.

산타바바라 정원은 대주교 궁으로 사용하던 건물 바로 옆의 정원으로 현대식 정원으로 바꿨으나 석상의 분수를 그대로 있다. 도시 중간 중간에 공원으로 꾸며져 있는데 메리골드와 사루비아로 도시가 환하게 불을 밝히고 있었다. 정원 가꾸기를 좋아하는 나는 우리나라도 틈이 있는 곳곳에 정원 가꾸기를 하면 좋겠다는 생각을 했다.

정원이 아름다운 도시 브라가, 에베니다 센트럴 정원이 길게 이어져 있다. 현대적인 건물과 중세풍의 건물들이 어우러져 있는 도시를 걸어서 다녔다. 산타바바라 정원 쪽으로 걷다보면 기념비 하나가 있다. 프란시스코 살바도 젠하로 1906년에 창단한 리스본연고의 축구팀 기념비이다. 브라가에는 포르투갈 축구 명문팀인 SC브라가가 이름이 있다. 1973년 이곳에 국립미뉴대학교가 설립되었다.

브라가에서는 매년 6월과 9월에 대규모 소 박람회가 열린다. 헤푸블리카 광장도 브라가의 상징이며 과거와 현재를 이어주는 공간이다. 브라가의 다양한 행사들이 이곳에서 열린다. 소로두 거리의 끝은 아르코 다 포르타 노바 새로 건설한 입구 아치가 장식하고 있다. 18세기에 지은 아치지만 로마시대 때부터 브라가의 주요 관문이라고 했다.

나의 여행 여정은 오렌세에서 마드리드까지 기차를 타고 가서 그곳에서 리스본까지 비행기를 타고 이동하는 일정이었다.

스페인에서 공식 일정이 끝나고 나는 포르투갈 모르코 스페인3국 여행일정이 기다리고 있었다. 서울에서 오는 여행팀과 포르투갈의 코스타리아 해변의 호텔에서 합류하기로 되어 있었다.

브라가 여행 일정을 모르고 기차와 비행기 티켓을 준비해서 떠났는데 대회 일정에 포르투갈의 브라가 여행 일정이 있었다.

대략의 계산으로 브라가에서 리스본까지 기차를 타고 갈 것이라고, 어쩌면 무모한 결정을 하는 자신감은 어디에서 나온 것인지 모른다. 이베리아 반도를 머릿속에 그리고 우리나라 지도에서 서해안 열차가 있다면 그랬을 것이라고 생각하고 기차를 타고 떠나기로 했다. 그리하여 그곳에서 이미 지불된 일박이 남아있는 호텔 숙박도 포기하고 다시 포르투갈에 추가로 호텔을 예약하기까지 했다.

점심시간에 식당에서 아름다운 여인을 만났다. 그녀는 연극배우로 방문하는 여행자들을 연극을 할 것이라고 했다. 한국에 대한 호감도 있는 그녀의 공연을 보지 못하고 떠나야 되어 나는 아쉬운 마음을 담아 그녀의 사진을 찍었다. 몹시 아쉬웠다. 브라가의 와인 공장인 듯한 커다란 식당에서 화사한 점심을 먹으며 브라가 와인을 마실 수 있었다.

뚱뚱한 체구의 갈리시아 회장이 기차역으로 가는 택시를 잡아주었다. 일반석은 구할 수 없어 1등석을 예약했다. 브라가에서 포루트까지 대략 한 시간 포르투에서 리스본까지 3시간이 걸리는 거리였다. 같이 왔던 팀들과도 아쉬운 이별의 순간을 뒤로하고 브라가에서 리스본으로 가는 열차를 탔다.

브라가가 멀어지고 포르투갈의 동네들이 다가왔다 멀어지고 기차는 동네 하나하나를 받아들였다가 덤벙덤벙 건너 뛰어갔다. 중간 귀착지인 포르투에서 기차가 한번 정차를 했다. 이번 여행에서는 그냥 패스하는 포르투도 사람들이 좋아하는 여행지 중의 하나이다. 도시가 불을 켜기 시작한다. 방심할 수 없는 혼자만의 여행길이었다. 기차는 리스본에 도착할 것이고 그곳에서 포르투갈의 해안마을 까지 찾아가는 일정이 남았다. 긴 여행의 서막에 설렘으로 기차는 달린다.

기차는 떠나고 그녀는 떠나고... 영화의 한 장면 같이 나는 기차에 탔다. 비어있는 의자가 대부분이었다. 좌석은 넓고 편안했고 1등석이라 그랬는지 혼자만의 시간을 오롯이 보낼 수 있었다.

리스본에 도착했다. 카메라 가방을 짊어지고 캐리어를 끌며 택시를 탔다. 스페인보다는 영어가 통한다는 생각을 했다. 묘령의 여자도 남자도 만나지 못했던 기차여행, 어쩌면 파란 눈의 연극배우 그녀가 묘령의 여인이었을까?

Britain

# 수선화

월리엄 워즈워스

하늘 높이 골짜기와 산위를 떠도는 구름처럼 외로이 헤매다 홀연히 나는 보았네,

수없이 많은 금빛 수선화가 호숫가 나무 아래 미풍에 한들한들 춤추는 것을,

은하수에서 빛나며 빤짝거리는 별들처럼 쭈욱 연달아.

수선화들은 호반의 가장자리 따라 한없이 줄지어 뻗쳐 있었네.

나는 보았네, 머리를 흥겨이 까딱이며 춤추는 무수한 수선화들을,

수선화 옆에 호숫물도 춤췄으나, 반짝이는 물결 보다 더욱 흥겹던 수선화

이토록 즐거운 벗과 어울릴 때 즐겁지 않을 시인이 있으랴!

나는 보고 또 보았다, 그러나 이 광경이 어떤 값진 것

내게 가져왔는지 미처 생각 못했다니,

이따금, 멍하니 혹은 생각에 잠겨 자리에 누워 있을 때면,

수선화들은 반짝이는 고독의 축복!

그러면 내 가슴 기쁨에 넘쳐 수선화와 춤을 춘다.

# 수선화

여서완

노란 네 얼굴에서

워즈워스의 시가 나오고

겨울 끝자리의 시린 언덕이 보이고

앞으로 내민 내 입 모양에서

달콤한 입맞춤이 살아난다.

여섯 꽃잎들 박수 치며 뒤로 물러나

봄바람에 가슴을 움켜지고

길지 않은 화사함 아래

긴 기다림

뿌리는 안다.

# 낭만파 시인 워즈워스의 '도브코티지' 그래스미어

어느 문인단체문학기행으로 다시 영국을 여행하게 되었다. 우리는 서북부 웨스트 모어랜드 주의 호수마을, 그래스미어 도브코티지 Dove Cottage를 방문했다. 도브코티지는 잉글랜드에서 가장 위대한 시인 중의 한 명인 윌리엄 워즈워스의 집이다. 워즈워스는 이 집에서 동생 도로시와 1799년부터 8년간 살면서 레이크 디스트릭트 Lake District에서 그의 유명한 작품들 거의 대부분에 영감을 받았다.

우리는 2층집에 있는 8개의 방을 둘러보고 이 시인이 원래 소장하고 있던 물건들을 살펴보았다.

근 30년 만에 다시 찾은 도브코티지다. 비둘기집 옆에 예전과 달리, 워즈워스 기념관이 큰 규모로 방문자들을 맞이하고 있었다. 전에 그곳에서 샀던 시집과 비슷한 것들이 진열되어 있었다. 여러 가지 체험할 수 있는 곳도 생겼다. 우리는 깃털에 잉크를 묻혀서 글을 써 보기도 했다. 기념관은 워즈워스와 코울리지에 관련된 자료들을 전시해 두었고 벽에 붙은 커다란 사진들의 그들이 말을 거는 것도 같았다.

## 윌리엄 워즈워스 William Wordsworth
## (1770년 04월 07일 −1850년 04월 23일)

영국 낭만주의 문학을 꽃피운 계관시인인 윌리엄 워즈워스는 영국 북부 지역인 컴벌랜드 코커머스에서 태어났다. 워즈워스는 어린 시절 고향의 아름다운 자연 속에서 사랑하는 누이동생 도로시를 비롯해 형제들과 함께 자랐다. 이런 유년기의 경험은 후일 그의 시에 많은 영향을 미친다. 또한 아버지로부터 밀턴, 셰익스피어, 스펜서 등 대작가들의 작품을 접하고, 아버지의 서재에서 많은 문학 작품을 읽었다.

1799년 12월 21일 윌리엄 워즈워스와 누이동생 도로시는 레이크 디스트릭트로 돌아와 웨스트 모어랜드 그래스미어에 있는 도브 코티지를 구입했고, 1808년 윌리엄 워즈워스는 그래스미어에 있는 집이 늘어나는 가족에 비해 협소했으므로 앨런뱅크로 이사했다.

윌리엄 워즈워스는 영국 낭만주의 운동을 이끈 시인으로, 영국의 낭만주의는 1798년 그가 새뮤얼 콜리지와 함께 펴낸《서정 시집》에서 시작되었다고 여겨진다. 1802년 판《서정 시집》〈서문〉 중 '시란 강력한 감정이 자발적으로 넘쳐흐르는 것이다'라는 문장은 영국 시 문학에 있어 낭만주의를 대변하는 말이기도 하다. 소박하고 꾸밈없는 언어로 지위가 낮고 학대받는 자들을 다루며, 평범한 삶과 일상이 갖는 놀라운 면모를 일깨우는 그의 시들은 시 문학의 새로운 시대를 열었다.

　워즈워스는 시인 새뮤얼 테일러 콜리지를 만나 교류하였고, 두 사람의 만남은 문학사에서 가장 생산적인 관계 중 하나로 발전한다. 평범한 일상에서 아름다움을 발견한 은둔자 그는 영국을 대표하는 낭만주의 작가로 자연과 일상에 대한 감수성을 일깨웠다. 반면에 콜리지는 낭만적이고 초자연적, 초현실적인 시를 썼다. 둘은 시적 경향은 달랐지만 시인으로서 서로에 대한 존경심과 도로시 세 사람이 함께한 시적 작업의 시간들은 아름다웠다. 이곳의 자연을 보면 저절로 그런 생각이 든다.

이십 때에 나는 호수지방으로 여행을 간 적이 있었다. 잠시 내가 살던 런던 남쪽지방에서 북쪽의 요크셔로 여행을 한 셈이었다. 요크셔에서 할머니의 조카 결혼식에 참석하기 위해 할아버지는 운전을 하고 할머니와 셋이서 갔다. 지도를 보며 찾아갔는데 왜 내비게이션이란 단어를 썼는지 궁금했었다. 지금은 평범한 단어로 우리에게 자리 잡고 있지만 말이다.

나의 첫 해외여행은 영국에서 시작되었다. 나는 존 브라운이라는 영국 엔지니어링 회사에서 근무했고, 일이 끝나고 모두들 본국으로 돌아갔다. 그 후에 보스였던 할아버지가 영국행 왕복 비행기 표를 보내왔다. 앵커리지에 쉬면서 다시 주유를 하고 떠나던 시절로 거슬러 올라가는 1989년이었다.

첫 여행부터 혼자 떠났다. 망망대기권에서 비행기의 창문 덮개를 열었을 때 하얗게 펼쳐진 구름이 있었고 얼음이 얼어 있는 하얀 바다 모습에 놀랐다. 기억은 항상 제멋대로 자라는 창조물 같아서 30년이 지난 세월속에서 꺼집어내는 일은 그럴것이다. 앵커리지 공항에서 박제된 동물의 뿔과 그곳에서 파는 물건들은 구경하고 다시 비행기를 타고 도착한 곳이 런던의 히스로 공항이었다. 지금의 인천공항처럼 공항밖으로 나가기 위해서 트램을 타고 움직였다. 짐을 찾아 별 수속없이 그냥 나갔다. 그곳으로 나를 초대한 Mr. Brocklehurst는 알파벳이 12개나 들어 있는 긴 이름이었다. 그가 사는 집은 런던에서 남쪽으로 약 한 시간 넘게 떨어진 길

포드 브램린에 있었다. 우리의 경기도 같은 곳이었던 것 같다. 창문을 열면 정원이 펼쳐진 2층에 내 방이 있었다. 영국의 여러곳을 여행했다. 한 달에 한번 아니 일주일에 한번 내셔널 헤리티지,국가문화유산 역사탐방여행을 떠났다. 숲을 찾았고 유적지를 여행했다. 한번은 요크셔 지방에 조카 결혼식이 있어 겸사겸사 호수지방을 여행하게 되었다.

호수지방에 두 번째 보스가 사는 집이 있어 우리는 그곳을 방문하였다. 그곳에서의 소풍은 가물가물 기억에 어른거린다. 증기기차가 다니던 길로 여행을 갔던 것도 같고 커다란 개와 보라색 히스꽃이 피어있는 호수지방의 강가를 걸었다.

그때도 나는 시를 좋아했고 워즈워스가 태어났던 캠벌랜드 코커머스도 갔었다. 약간은 도심이었고 분홍으로 칠해진 집이었던 것 같았다. 그리고 하얀 도브 코티지, 비둘기 집을 갔었다. 그곳에서 워즈워스 시집을 사고 그의 시가 낭송된 테이프를 샀다. 시집은 아직도 내게 남아있고 테이프는 세월과 함께 사라진 것 같다. 그의 시를 보고 갔는지, 보고 와서 그의 시를 발견했는지, 그때 갔던 틴턴 애비는 이제는 여행으로 그곳을 가기가 쉽지 않을 것 같다. 아직도 앙상한 뼈대가 남았던 그대로 오랫동안 그러할 것이다.

나는 그때처럼 도브코티지의 하얀 집 앞에서 사진을 찍었다. 기억들을 불러오기 위해 오래된 사진첩을 뒤졌다. 세월의 먼지 낀 사진첩이 기억들을 불러 모았다. 기억은 그렇다. 사진이 기억을 붙들어두기도 한다. 시간과 공간이 없다는 기적수업의 내용을 생각하며 두 장의 사진을 번갈아 보았다.

이번 여행에서 하룻밤을 그래스미어의 오래된 저택을 호텔로 개조한 곳에서 묵었다. 아침 일찍 호텔 뒤에 있는 폭포를 찾아 올라갔다. 이끼가 폭신하게 깔린 계곡이 있었고 폭포를 볼 수 있었다. 오후에는 그 지방을 산책했다. 소들을 방목하는 곳도 지나며 한가롭게 그 지역을 걸었다. 여전히 많은 고사리에 그것들이 사방에 깔려 있어 신기했던 기억이 생각났다. 오래 머물 수 없는 아쉬움을 뒤로 하고 호수지방을 떠나 왔어도 시인의 시가 항상 우리 곁에 머무는 것이 아쉬움을 달래주었다. 그곳은 겨울도 푸를 것 같은 싱그러움이 남는 것은 자연과 호흡했던 시인의 영향도 크리라 생각된다.

  수선화가 떼를 지어 흔들리는 모양을 보지 못하는 계절이라 아쉽지만 그의 시 수선화를 읊어본다. 나는 워즈워스의 수선화를 생각하며 수선화를 그리고 노래한 적이 있다. 내 삶의 발걸음하나 여행지 아닌 곳이 없듯이, 여행은 뭉떵뭉떵 기억을 쏟아내며 여러 곳에서 삶에 기운을 돋운다.

오랜 시간이 지났음에도 호수지방은 아름다운 자연 경관을 그대로 간직하고 있었다. 개발이라는 명목으로 파헤쳐지고 베어내어지지 않는 자연이 그대로 있어서 고마웠다.

이제 수선화는 우리 땅에서도 흔히 볼 수 있게 되었다.

수선화가 피는 봄이 오면 한들거리는 수선화 꽃밭을 찾아 가야겠다.

## 폭풍의 언덕 - 에밀리 브론테 -

그녀집 앞에는 공동묘지가 있었소

대대로 이어온 가족 묘지도

창문으로 장례식 장면을 훔쳐본 날도 있었을 것이오

돌이 세워진 그곳에서 세 자매는

숨바꼭질하고 놀았을 것이오

영혼 놀이도 말이오

그녀 묘지는 교회 지하에 있다 했소

청동 장식된 반짝이는 표지석만

교회 귀퉁이 바닥에 누워 있었소


쓸 만한 귀신 한 마리

명징하게 가지고 있으라는

글쟁이 습관처럼

그녀들은 그것들과 놀았을 것이오


워더링 하이츠에 부는

세찬 바람 속에는

그것들도 있었을 것이오

## 폭풍의 언덕이 있는 브론테 마을 하워스

영국의 중앙에 있는 자그마한 마을 하워스, 문학기행으로 찾아 갔던 워더링 하이츠다. 가는 길의 차창으로 요크셔 지방의 푸른 산과 들이 유월의 녹음과 함께 다가온다. 멀리 느릿하게 풀을 뜯는 소와 양떼들을 볼 수 있었다. 소설 속의 장소를 찾아가는 길에 발걸음이 설렌다.

브론테 자매가 살았던 시대와 같은 교회와 들판이 그곳에 있다. 가파른 언덕길을 올라 이끼 낀 나무를 지나 우리가 방문하고자 했던 곳에 도착했다.

하워스 전경이 내려다보이는 골목길은 만국기가 펄럭이고 있었는데, 우리를 환영하는 것도 포함되어 있었을 것이다.

빨간 전화박스에 TELEPHONE이라 적혀 있고 그 위에 왕관 마크가 새겨져 있는 것이 영국의 특징이었다. 우체국 앞 빨간 우편함은 빌딩에 붙어 있었다. 우체국에 들러 엽서를 샀다. 그때 사온 엽서가 어디 있을 것인데 하며 주위를 둘러보았다. 그곳을 다녀온지도 몇 년이 지났다.

30대에 요절한 브론테 자매의 삶은 저 멀리에서도 이곳을 찾아오게 하고 있다. 샬럿 브론테, 에밀리 브론테, 앤 브론테가 자라난 곳이며 아버지가 교구 목사로 일하던 곳이다. 1820년 브론테 자매의 아버지 패트릭 브론테는 성공회 교회 목사로 아내 마리아와 요크셔의 작은 마을 손턴에서 이곳으로 이사를 왔다.

하워드 교회 앞에 왔다. 교회의 정문은 골목을 지나서 만날 수 있었고 브론테 자매가 묻혀 있는 하워스 교회를 만났다. 에밀리와 샤롯 브론테가 묻혀있는 교회 바닥에 노랗게 반질반질한 그녀의 이름이 새겨진 곳 앞에 앉았다. 하워스 교회 안의 스테인드글라스가 햇살에 빛난다.

샬럿의 『제인 에어』와 에밀리의 『폭풍의 언덕』 모두 슬픔과 우울이 깃든 스산한 분위기로 시작한다. 글을 쓰며 미지의 세계에 대한 그리움을 작품으로 승화 되었을 것이다.

그들이 입주한 목사관은 교회에 딸린 건물로 1778년 사암砂岩으

로 지었다. 지금은 박물관으로 사용되고 있는데 이 건물에서 브론
테 자매들이 자랐고 소설을 쓰며 일생을 보낸 곳이다.

  아담한 이층집에 모두 9개의 방으로 이루어져 있다. 브론테 자매
들이 살았던 당시를 재현해 놓았다. 서재, 침대와 벽난로 가구, 의
상, 편지, 초상화, 피아노, 태엽 감는 시계, 안경, 구두도 보였다. 브
론테 자매들이 집필에 사용하였던 책상과 의자, 1남 3녀 시절의 사
진도 있었고 흔들의자 등 각종 자료와 유품들을 전시하고 있었

다, 진열해 둔 모자와 옷가지들도 있으며 책상 위에 책과 종이에는 써 놓은 친필 원고 등의 글들이 전시되어 있었다. 세 자매의 초상화는 2층으로 올라가는 계단에 있었다. 방을 옮겨 다닐 때 몰려 다니지 않게 시간을 두고 다닌 것이 생각났다.

코로나 시절 이전에 국내외 문학기행을 많이 다녔다. 눈으로 보는 기억이 오래가지 못할 때 사진을 찍으면 다시 볼 때 기억을 되새기게 되는 것이 기억으로 오래 남게 되는 경우가 많다. 나는 그것들을 찍어 오며 달리 쓰일 일이 없었는데 이곳에서 펼칠 수 있게 되어 고마운 일이다. 기행기를 쓰는 일도 그렇다. 잊은 줄 알았던 기억이 스믈스믈 기어 나온다.

박물관을 나와서 정원에 서 있는 세 자매의 청동상을 찍는데 햇살이 그들을 감싸 안는 느낌을 빛으로 볼 수 있어서 좋았다. 보라색의 메발톱 꽃과 수레국화 꽃이 아름답게 피어 있었다. 그들이 뛰 놀던 무어 언덕에는 양떼들이 천진하게 풀을 뜯고 끝없이 펼쳐진 푸른 언덕이 이어져 있었다.

'워더링 하이츠'의 무대가 근처이다. 캐서린과 히스클리프의 비극적 사랑 같은 보라색 히스 꽃은 보이지 않는 반면 정원에는 다양한 꽃들이 피어 있다.

『폭풍의 언덕』은 에밀리 브론테(1818-1848)가 서른 살의 나이로 죽기 일 년 전인 1847년에 발표한 유일한 소설로 엘리스 벨이라는 필명으로 발표했다.

황량한 들판 위의 외딴 저택 워더링 하이츠를 무대로 벌어지는 캐서린과 히스클리프의 비극적인 사랑, 이드거와 이사벨을 향한 히스클리프의 잔인한 복수를 그린 이 작품은 발표했을 당시 이 흉측하고 음산하다는 혹평을 받았으며 비윤리적이라는 비난을 받았다고 한다.

『폭풍의 언덕』은 황량한 들판 위의 외딴 저택 워더링 하이츠를 무대로 고아 히스클리프와 그 집 딸 캐서린 언쇼의 운명적이고 불운한 사랑, 그리고 그 사랑이 언쇼 가와 린튼 가에 몰고 온 비극을 그린다. 들판을 뛰어놀기 좋아하던 어린 두 야생마 같은 어린  캐서린과 히스클리프는 각각 귀부인과 신사로 성장하지만 당시의 억압적 종교와 도덕규범에 억눌린 그들의 야성적 기질은 섬뜩한 광기와 애증으로 표출될 수 밖에 없었다. 유령이 되어 나타난 캐서린과 그녀의 무덤을 파헤치기까지 하는 히스클리프의 광기어린 울부짖음이 작품에서 그려지고 있다.

요크셔의 황야를 무대로 펼쳐지는 거칠고 악마적인 격정과 증오, 현실을 초월한 폭풍 같은 사랑, 그리고 그 사랑이 언쇼 가와 린튼 가에 몰고 온 비극은 1939년 W. 와일러 감독에 의해 영화화되었으며 이후로도 여러 번 영화화 되어 많은 사랑을 받았다.

그들이 살았던 곳 어디에서나 보이는 묘지의 비석들이 즐비한 교회 묘지를 들렸다. 히스클리프의 광기 어린 목소리가 워더링 하이츠 어딘가에 살아 바람에 실려 들려오지 않을까 귀기울여 보았다.

IN MEMORY OF
EMILY JANE BRONTË
WHO DIED DEC. 19TH 1848,
AGED 30 YEARS.
AND OF
CHARLOTTE BRONTË
BORN APRIL 21ST 1816

# Slovenia

# 돌담집에서

기다린 듯 준비된 남양주 집 한 채

단숨에 빠져버려 임시주인 되고 보니

코로나가 삼킨 날들을 오롯이 보듬었네


지구한 켠 돌들이 서로를 동무하고

별의 씨 뿌려두고 흰 눈을 기다리다

돌들이 알알이 박혀 돌담집 이라 하네


줄리앙 알프스의 병풍치고 흰 눈 덮인

산호 빛의 호수와 빨간 지붕 블레드 성

추억 속 슬로베니아 여행기에 꺼낸다


동글동글 돌들이 둥글둥글 살라며

둥그런 보름달과 두런두런 피운 얘기

은하수 이야기되어 세상에 흐르겠네

## '알프스의 눈동자'로 불리는 블레드


누구나 사랑에 빠지게 만드는 나라 슬로베니아!

나라 이름에 사랑의 단어인 'LOVE'가 들어가 있는 슬로베니아(Slovenia).

줄리앙 알프스의 진주!

슬로베니아는 유럽 동남부 발칸 반도 북서부에 있는 작은 나라이다. 동쪽으로 헝가리와, 서쪽으로 이탈리아, 남쪽으로는 크로아티아와, 북쪽으로 오스트리아와 경계를 이루고 있다. 제1차 세계대전으로 오스트리아-헝가리 제국이 패한 뒤 1918년 다민족국가인 세르비아-크로아티아-슬로베니아 왕국의 일원이 됐고, 1929년에는 유고슬라비아 왕국으로 이름을 바꾸었다. 1941년 유고슬라비아 왕국이 망한 후 잠시 이탈리아, 독일에 병합되었다가, 제2차 세계대전 후 유고슬라비아를 구성하는 공화국이었으나 1991년 유고슬라비아 연방의 해체와 함께 내전을 거쳐 독립을 선포했다. 정식 국명은 슬로베니아공화국이다. 알프스산지의 동쪽에 자리 잡고 있으며 국토의 대부분이 산지인 고산국가이다. 모차르트와 세계적인 지휘자 카랴안의 고향인 슬로베니아는 동유럽 국가 중에서 가장 작은 나라이면서 아름다운 경관을 가진 나라이다.

블레드는 1924년에 국립공원으로 지정하고 보호해 왔을 정도로 이 나라에서는 성스러운 곳이며 슬로베니아의 제일가는 명소이자 더 나아가 전 유럽에서 가장 아름다운 곳으로 손꼽힌다.

블레드 여행에서 가장 중심이 되는 호수는 줄리앙 알프스의 만년설과 빙하가 녹아서 해발 501m나 되는 분지에 아름다운 호수이다. 엽서에 자주 등장하는 아름다운 풍경은 블레드 섬이다. 호수는 빙하 호수로 길이 2,120미터 폭은 1,380미터의 거대한 크기를 가지고 있으며 가장 깊은 곳의 수심은 30.6미터이다. 호주 주변으로는 줄리앙 알프스의 설산들이 병풍처럼 둘러싸여 있어 호수의 풍경을 더욱 아름답게 만들어 준다. 호수 주변에는 몇 개의 작은 샘이 있으며, 호수의 북쪽에는 온천수가 솟아나 주변 호텔의 온천 풀로 쓰이고 있다.

자연의 아름다움과 역사적인 흥미를 가지고 있는 매력적인 도시인 블레드 섬으로 들어가는 길은 오직 전통 나룻배를 타고 들어가는 방법 외에는 없다. 환경을 우선적으로 생각하여 뱃사공이 노를 저어 나아가는 전통 '나룻배' 플레트나에 몸을 싣고 섬으로 가는 길에 태양이 떠오르고 있었다. 나룻배를 타고 가면서 호수 주변의 아름다운 건물 중에 유고 독재자 티토의 별장이 있는데 김일성, 영국 찰스왕세자, 요르단 후세인 국왕 등이 다녀간 곳이라고 했다.

잔잔한 호수를 가르며 앞으로 나가는 나룻배 위에서 바라보는 주변 호수 풍광이 절경이다. 호수가 내려다보이는 절벽 위에 있는 블

레드 성과 호수 한 가운데 있는 블레드 섬으로 인해 그 아름다움
이 배가 된다. 오른쪽으로 만년설이 내려앉은 설산 봉우리가 병풍
처럼 펼쳐있고 그 앞으로는 깎아지른 수직 절벽위에 앉아있는 블레
드 성과 호숫가의 건물들이 한눈에 들어온다.

　"블레드 섬"에 도착하여 배에서 내리면 99개의 계단이 손을 펼치
고 있는 것이 마치 천국의 계단처럼 보인다.

　그 위에는 16세기에 지어진 "성모마리아 승천교회"자리 잡고 있
다. 교회가 세워지기 전에는 슬라브 토속신앙에 등장하는 자바 여
신을 모시는 제단이 있었으나 745년 성모 마리아를 위한 성당으

로 개축했다. 로마네스크 양식의 성당은 1465년 고딕양식으로 개축했고 이때 52미터의 종탑도 생겼다. 1509년 대지진 이후부터 지금까지는 바로크 양식을 띠고 있다. 성당 내부에 있는 '행복의 종'이 유명해져 관광객들의 발길이 끊이지 않고 있다.

 행복의 종에는 가슴 절절한 사랑 이야기가 전해지고 있다. 가난하고 어려운 생활 속에서 끔찍이도 아내를 사랑했던 남편이 돈벌이를 위해 길을 나섰고 고생을 하여 얼마의 돈을 벌어 사랑하는 아내에게 돌아오는 길에 그만 산속의 도적을 만나 재물을 빼앗기고 그것도 부족해 목숨마저 잃게 되었다고 한다. 아무리 기다려도 돌아

오지 않는 남편을 수소문하던 중, 비통한 사연을 접하게 되고, 헤어날 수 없는 슬픔 속에서 살아가다가 사랑하는 남편을 기리기 위해 어렵게 이 성당에 종을 만들어 달기로 하여 배에 종을 싣고 가다 폭풍우가 몰아쳐 종은 블래드 호수에 깊이 빠지게 되었다고 한다. 사랑하는 남편을 기리기 위해 그토록 종을 달기 원했지만 그나마 이루어지지 못했다는 슬픈 사연을 들은 로마 교황청이 그녀를 위해 종을 기증하면서 그녀의 소원이 이뤄졌다고 한다. 그 후 밧줄을 당겨 종을 울리면 사랑과 소원이 이루어진다는 전설이 생겼다고 한다. 계단을 내려와서 섬 주위를 돌아보다가 뒤쪽에서 두 마리의 백조를 만났다. 어쩌면 차이콥스키의 "백조의 호수"의 배경이 이곳이 아니었을까하는 생각도 잠시 들었다. 잔잔한 호수와 백조 두 마리 뒤로 알프스와 어울리는 블레드 성의 정경은 그야말로 장관이었다. 아름다운 호수 뒤로 만년설이 내려앉은 알프스봉우리가 파노라마처럼 펼쳐지는 매혹적인 풍광이 그곳에 있었다.

섬에서 나와 130미터 절벽위에 세워진 "블레드 성"으로 이동하였다. 블레드 호수 한쪽에는 깎아지른 듯한 바위 절벽 위에 우뚝 솟은 성이 하나 있는데, 아름다운 마을 전경을 조망할 수 있는 성이다. 8백 년 넘게 유고슬라브 왕가의 여름 별장으로 사용되었다는 블레드 성은 유럽에서 흔히 볼 수 있는 웅장한 규모의 성이라기보다는 조그만 요새 같았다. 성에서 호수를 볼 수 있는 성벽 전망대에서 호수의 전경을 배경으로 사진을 찍을 수 있었다. 호수의 한 가운에서 그려진 듯 한 섬의 모습은 엽서의 한 장면 같았다. 그곳에서 모두의 카메라는 분주했다.

블레드 성은 슬로베니아세서 가장 오래된 성으로 1004년 독일 황제 헨리 2세가 브릭센 대주교에게 선물로 준 지역 위에 지은 것으로 당시에는 로마네스크 양식의 탑만이 있던 자리에 성이 추가로 건설되었는데, 험난한 산세로 자연방어가 되는 형상이었다고 한다.

성 안에는 블레드 지역과 성에 관한 박물관으로 꾸며져 있었으며 역사적 유물이 전시되어 있다. 그 외에도 여러 가게가 있는데 가

장 눈길을 *끄*는 곳이 대장간이었다. 대장간에서 만든 용이 빨간 산타모자를 쓰고 있었다. 젊고 귀여운 대장장이는 여러 가지 물건들을 만들어 전시하고 있었으며 제품들에 대한 안내도 열성이었다.

태양빛에 얼굴이 붉어진 듯 한 붉은 지붕의 블레드 성과 눈이 시리도록 푸르고 아름다운 산호빛의 낭만적인 호수와, 호수 위에 있는 성당, 그 뒤에 펼쳐진 눈 쌓인 알프스의 조화는 자연이 주는 최고의 선물이었다.

돌담집을 금란궁으로 불러주어 돌담으로 둘러싸인 것이 성 같다는 생각이 들어, 문득 지난해 새해의 첫 여행지로 다녀왔던 슬로베니아의 블레드 성을 떠올렸다. 슬로베니아의 북서부, 알프스 산맥에 위치하고 있는 호반도시 블레드는 슬로베니아 최고의 휴양도시로 손꼽히는 곳으로 빙하 호인 아름다운 호수와 호수 한가운데 오롯이 떠있는 섬 그리고 호숫가 아찔한 수직절벽 위에 자리한 성이 한데 어우러져 절경을 이룬다.

코로나 여파로 여행이 자유롭지 못한 지금에 돌담집에서 여행의 흔적을 오롯이 기억하며 적는다는 것도 다시 여행을 하는 듯 설레고 감사한 일이다.

PAX VAN
TIBI GELI
MAR STA
CE E MEVS

Croatia

# 바다 오르간

석양이 물결위에 올라앉았다

금빛 음표들이 출렁댄다


태양의 뜨거움

달의 차오름과 기움이 음표이고

바람이 지휘봉인

파도의 연주를 듣는다

햇빛 부딪치는 소리

달빛 부딪치는 소리

다 담은 바다의 연주는

잔잔하고 때로는 장엄하다


석양에 울리는 바다의 선율

한 구멍 한 구멍 음표 없이

파도의 숨이 통과하며 부르는 노래를

그대여


이베리아 반도 자연 오케스트라 아름다운 멜로디에

나는 귀먹고 눈멀어 사라진다

멜로디에 안기고 보니

우주가 새로운 귀와 눈을 살며시 내어준다

# 바다 오르간이 연주하는 곳 자다르

자다르는 아름다운 해안 도시로 크로아티아 남서부 아드리아 해 연안 자다르주의 주도이다. 로마의 식민지가 되기도 했으며 로마가 지배하는 동안 자다르는 규칙적인 도로망과 광장 등을 갖추었다. 자다르는 크로아티아에서 가장 오랫동안 인간이 거주한 도시이기도 하다. 자다르 지역에는 일리리아족 이전에 인도유럽 문화를 가진 고대 지중해인들이 이곳에 살았다.

유네스코 세계유산 목록에 자다르의 성곽 도시가 포함되어 있다. 1409년에 만들었다고 하는 육지의 문은 올드타운으로 들어갈 때의 주 출입문으로 베네치아의 흔적인 날개달린 사자상이 선명하게 보인다. 날개 달린 사자상 아래 작은 크기로 말 탄 기마상이 보이는데 자다르의 수호성인인 성 크리소고노라고 한다. 그곳을 들어갈 때는 중세시대로 들어가는 느낌도 들었다. 성 앞에 늘어선 요트들이 햇살에 빛나고 있었다.

성을 들어서면 5개의 우물을 만나게 되는데 16세기 오스만 트루크의 침략으로 인한 전쟁에 대비해 식수 확보를 위해 만든 우물로 지금까지 잘 보존되어 있다. 나르도니 광장은 구시가지 중심에 위치한 메인 광장인데, 이 광장에서 시계탑 앞에 서 보았다. 광장 중앙에는 노천카페들이 자리하고 있으며 반질반질한 바닥의 돌덩이가 이곳의 역사를 대변해 주고 있는 듯 했다.

자다르에는 역사적으로 중요한 성당들이 있다. 성 도나타 성당은 9세기 초에 지어진  이 교회는 도나타 주교가 독일 아헨과 이탈리아 라벤나를 여행하고 돌아와 그곳의 건축물에 영향을 받아 지었다. 이 교회는 초기 기독교시대의 건축물로 자다르시의 상징이다. 성당이지만 오늘날에는 미사는 진행되지 않고 내부 공간의 울림이 좋아 오케스트라 공연장으로 음악공연이 자주 열린다.

성 아나스타시아 대성당은 보통 자다르 성당이라고 불리는데 12세기부터 13세기까지에 걸쳐 지어졌다. 르네상스 양식으로 지어졌고 부분적으로 고딕 양식이 이용되었다. 성당 동쪽에 있는 성모 마리아 교회는 1091년에 베네딕트 수도원의 일부로 지어졌다. 현재의 것은 16세기의 것으로 고딕 양식과 르네상스 양식을 갖고 있다. 내부에는 치장 벽토가 많이 있고 15세기의 마돈나상이 있다. 성당 근처에 기둥이 서 있는데 못이 박혀 있는 뿔 탑이 있는데 '수치심의 기둥'이라고 한다. 로마시대의 형벌로 사람들이 많이 모이는 공간에 벗겨진 채 뿔 탑에 묶여 하루 종일 수치심을 느끼게 하여 다시는 잘못을 하지 못하게 하였다고 한다. 성 도나타 교회의 기초 아래에 로마시대부터 있었던 광장인 포룸이 있다. 포룸은 기원전 1세기부터 있었던 것으로 보인다. 이 포룸은 초대 로마황제 아우구스투스가 세웠다고 돌로 새겨진 명문에 적혀 있다.

포룸을 따라 가다보면 아름다운 석양으로 유명한 바닷가를 만

나게 된다. 이곳을 영화의 거장 알프레드 히치콕 감독이 '세상에서 가장 아름다운 석양'이라고 극찬을 했다고 한다. 저녁노을이 유난히 아름다운 그곳에서 유에프오 모양의 구름에 싸인 태양을 만났다. 잠시 아름답게 장식된 가게에서 머무는 동안 해가 바다 속으로 빠져들고 있었고 석양에 바다오르간을 만났다.

자다르하면 떠오르는 바다오르간은 크로아티아 건축가 니콜라 바시치가 설계한 것으로 달마티안 석공들에 의해 탄생한 작품이다. 니콜라는 어렸을 때 고향에서 듣던 파도 소리에 영감을 받아 자다르에 가장 잘 어울릴만한 소리를 만들게 되었다고 한다. 해변을 따라 75m의 산책로에 바다 쪽으로 작은 구멍을 만들어 계단식으로 되어있다. 그 아래에 작은 구멍으로 통하는 총35개의 파이프 관을 통해 파도가 통과하면서 연주가 이루어지는데, 바다의 돌고래가 노래하는 것 같이 들리기도 했다. 그 소리는 파이프 오르간 소리 같다 하여 바다오르간이라고 한다. 바다오르간 뒤쪽에는 피아노 모양의 의자가 있는데, 나무의자는 검은 건반 모형으로 되어있다. 파도의 세기에 따라 쉼 없이 늘 다르게 연주하는 악기다보니 늘 다른 연주를 들을 수 있다. 자다르를 대표하는 랜드마크가 되었고 2006년 유러피안 '도시 공공장소 상'을 수상했다.

자다르는 역사적으로 고대 로마의 식민지가 되기 이전에는 일리리아인이 세운 도시였다. 476년에 서로마제국이 멸망하고 살로나가 아바르족과 크로아티아족에 의해 614년 파괴된 후에 자다르는 달마티아의 비잔틴 지구의 수도가 되었다. 812년 동로마 제국의 영토로 귀속되었다가 1202년에 베네치아인들이 자다르를 재정복하고 약탈했고 1358년에 헝가리가 자다르에 대한 지배권을 다시 차지했다. 1409년에 헝가리의 라슬로 1세가 자다르를 베네치아인들에게 팔았다. 오스만제국이 16세기 초에 자다르 내륙지역을 정복했을 때 자다르는 중요한 거점이 되어 아드리아 해에서 베네치아의 무역을 보장해주었다.

오늘날 자다르는 달마티아의 역사적 중심지이고 자다르주의 정치, 경제, 상업, 공업, 교육, 교통의 중심지이다. 자다르는 풍부한 역사문화유산을 가지고 있어 크로아티아에서 가장 인기 있는 관광지 중 하나이다. 자다르도 동로마 서로마 시대와 십자군 전쟁에 영향을 받은 곳이다. 유럽의 많은 나라가 십자군 전쟁에 참여하여 병사와 물자를 베네치아 공국의 배를 이용하려고 하자 당시 베네치아 도제였던 단돌로는 배를 빌려주는 대가로 그들에게 자다르의 귀속을 부탁하게 되었다. 단돌로는 십자군 전쟁에 참여하는 다른 나라의 군사를 이용해 1202년 자다르를 공격해 3년에 걸친 전쟁으로 이곳을 함락해 자다르를 차지하게 되었다고 한다.

십자군 전쟁은 겉으로 보기에는 종교적 대의인 크리스트교의 성지 예루살렘을 이슬람 세력으로부터 탈환하자라는 기치 아래 일어난 전쟁으로 성지탈환이 목적이었지만 교황은 교황권의 확대, 영주. 기사계급의 새로운 땅에 대한 욕구가 있었고, 도시상인들의 시장 개척에 대한 욕구, 등 종교적인 측면과 경제적인 측면 등 여러 계급의 여러 이해관계가 얽혀서 일으킨 것이다. 결국 십자군 전쟁은 시간이 지나고 회차가 거듭될수록 지치고 피폐해져갔다. 100년이 넘는 동안 8차에 걸쳐 원정을 나섰지만 예루살렘을 점령한 기간은 매우 짧았을 뿐이다. 십자군 전쟁은 유럽 전반에 큰 영향을 끼친다. 십자군 전쟁의 실패로 교황권, 교회의 힘은 약해졌고, 전쟁에 나갔던 기사 계급 역시 몰락하고 만다. 이는 중세 봉건 사회의 몰락을 의미하며, 결국 근세 시대로의 전환을 맞이한다.

## 두브로브니크에서의 편지

긴 역사를 품은 붉은 성을 감싼

바다가 은빛 윤슬로 반짝일 때

집에 있는 별아이를 생각했소

그는 크리스탈 대중심태양에서 내게 보낸

빛 천사 일 것이오

성벽 따라 걷다 총포에 무너진 집터에서

망상의 끝도 보았소

스르지 산 정상까지 올라가서

아드리아 해에 쏟아지는 태양의 세례를 보았소


산중턱에서 한눈에 내려다본

두브로브니크의 풍경은

가슴에 담아두고 가끔 꺼내봐도

충분히 좋을 그런 풍광이었소

두브로브니크에서 편지를 쓰오

지금까지 나로 잘 살아온

나에게 쓰는 감사의 편지요

가슴에 태양하나 밝히고 산다는 것은

내가 나로 살아가는데

충분한 에너지로 작용한다오


삶이 무거울 때면

나는 그 편지를 읽는다오

# 아드리아 해의 진주 **두브로브니크**

"지구의 마지막 남은 낙원을 보고 싶다면 두브로브니크로 가 보라"고 영국의 극작가 조지 버나드 쇼가 말했을 정도로 그곳은 아름다운 곳이다. 아름다울 뿐 아니라 지리적으로도 요충지다. 두브로브니크는 세르보 크로아티아어로 '작은 숲'을 의미한다.

　크로아티아의 최남단에 위치한 두브로브니크는 '아드리아 해의 진주'라 불릴 정도로 환상적인 풍경을 자랑하는 곳이다. 이 항구의 해안성채가 바닷가에 우뚝 솟아 있으며 허연 석회암이 드러나 보이는 스르지 산 아래쪽에서 바다로 튀어나와 있는 곳 위에 자리 잡고 있는 도시다.

　이 도시는 7세기에 로마 피난민들이 동남쪽 지역에 자리 잡고, 이름을 '라우사' 또는 '라구시움'이라고 부른 것이 그 시작이었다. 슬라브 식민지인들도 곧 그곳이 로마인들로 합쳐져 일찍부터 이 도시는 아시아와 유럽, 두개의 위대한 문명을 잇는 완충지 구실을 했다. 라구사 공화국이 건립된 이래 베네치아 공화국의 주요 거점 가운데 하나로 13세기부터 지중해 시대의 중심도시였다.

제2차 세계 대전 이후에 유로슬라비아 연방 공화국의 일부로 편입되었다가 1991년 유고 내전이 끝난 후에는 크로아티아 영토에 속하게 되었다. 내전 당시 크로아티아를 침공한 세르비아 군대가 두브로브니크를 포위하고 포격을 가해 수많은 문화유적의 원형과 도시의 건물 상당수가 파괴되었다. 이 소식을 전해들은 전 세계의 학자들이 인간 방패가 되어 두브로브니크를 지켰으며 전쟁 후 유네스코 등의 지원을 통해 많은 유적들이 복원되었지만 아름다운 도시는 많은 피해를 입었고 아직도 그때의 파편과 총탄 자국이 곳곳에 남아 있다.

아름다운 구시가지인 성벽 안에는 차가 들어올 수 없다. '플라차 대로' 또는 '스트라둔' 이라고 하는 성의 주 거리, 낭만의 거리다. 하나의 대로로 연결되어 있으며 가지를 뻗은 길들이 거미줄처럼 이어져 있다.

좁은 길을 따라 두 개의 외성문을 지나게 되면 필레광장에 닿는다. 아멜링 분수가 있고 성 입구 오른 쪽에 커다란 타원형의 오노프리오 분수가 있다. 15세기부터 성 밖에 있는 스르지 산에서 물을 공급받아 성내로 보급되었다고 한다. 이 분수가 유명한 것은 무병장수를 기원하는 의미의 16개의 동물과 사람 모습을 한 수도꼭지 때문이다.

맞은편에는 성 사비오르 성당이 있다. 그 옆에는 프란체스코 수도원이 있는데, 유럽에서 3번째로 오래된 약국이 있다. 양의학이 번성하기 오랜 전부터 자연의학이 발달되어 왔다. 근처에 지혜의 올빼미가 조각되어 있는데 그곳을 올라가다 말다를 했다. 미로처럼 뻗어있는 좁은 골목길을 둘러보는 맛도 여행의 매력이다.

베네치아 사람들이 쌓은 구시가지의 성벽과 도시 전체가 1979년 유네스코 세계유산으로 지정되었다. 두브로브니크 구시가지를 둘러싸고 있는 성벽은 13세기부터 16세기까지 외부의 침략을 막기 위해 지은 이중으로 된 성벽이다. 총 길이가 1940미터이며 4개의 요새가 세워져 있는데 필레 문 출입구 방향으로 보카르 요새 성이반 요새 - 레베린 요새 - 민체다 요새로 이어진다. 아드리아 해와 구시가지를 모두 볼 수 있는 최고의 관광지이다. 성벽 밖에도 로브예나츠 요새 한 개가 더 있다. 그곳의 성채는 3층 구조다. 근처 유람선 여행을 하며 둘러볼 수 있는데 내부에 군둘리치의 자유에 대한 비문이 있다고 하는데 가보지는 못했다.

성벽을 오르면 매표소가 있고 붉은 지붕들이 한눈에 들어와 그 아름다움에 매료되고 만다. 중세의 흔적을 간직한 성벽투어는 바다 방향으로 출발했다. 파란 아드리아 해가 펼쳐져 있고 성벽을 지켰던 대포가 전시되어 있다. 바다 쪽 성벽 아래에 구멍이 있고 '성벽 구멍에 만들어진 카페'라는 뜻의 '부자카페'를 갔다갈까 하다가 구경만 했다. 이름이 부자라서 더욱 기억에 남는다. 군데군데 아직 복구가 되지 않은 전쟁의 상흔들이 보여 마음이 아프다. 요새들을 지나고 북쪽에 있는 도미니크 수도원쪽으로 내려왔다. 오래된 성당의 종 세 개가 남아 눈길을 끈다. 구시가지가 지금까지도 잘 보존된 이유가 성벽으로 둘러 쌓여 있어서 일 것이다.

성안에는 넓고 긴 돌이 깔려 있다. 플라차 대로는 원래 바다였는데 그곳을 돌로 메우고 만든 길이다.

'루자 광장'은 플라차 대로의 끝부분에 위치해 있으며 성의 중심이다. 루자 광장에 도착하면 두브로브니크의 랜드 마크라고 할 수 있는 시계탑이 보인다. 높이 35미터의 종탑과 도미니크 수도원이 있다. 시계가 이글거리는 태양모양으로 디자인 된 것이 흥미롭다. 대성당 앞에는 최고의 통치자가 머물던 렉터 궁전이 있으며 스폰자 궁전 사이에 있는 종탑 바로 밑에 귀족들과 상인들이 주로 이용하던 우물이 있다. 루자 광장 앞에 있는 스폰자 궁전은 1522년에 지어졌으며 지어질 당시에 은행으로 사용되었다.

렉터 궁전 앞에 있는 동상은 크로아티아 최고의 극작가이자 교육자인 두브로브니크 출신의 마린 드르지치의 동상이다. 그는 최초로 크로아티아어로 희곡을 썼으며 크로아티아 학생들이 일생 중에 꼭 한번은 읽어봐야하는 작품들로 꼽히고 있다. 유명한 문인의 솜씨를 닮고자 하는 사람들이 그의 손을 하도 만져서 색이 변했다. 나도 슬그머니 그의 손을 만져보았다. 그의 코를 만지면 행운이 찾아온다고 해서 코가 황금색으로 반짝반짝 빛나고 있다.

　루자 광장 중심에 롤랑의 기둥이 서 있는데 자유도시라는 상징으로 700년 전에 세워졌다. 롤랑의 오른쪽 팔꿈치 길이가 부정을 방지하는 도량의 기준 수치가 되었다 한다. 롤랑은 중세 프랑스의 전설적인 기사로서 유럽 자유도시들에 상징적으로 그의 모습을 새긴 기둥이 세워져 있다.

　두브로브니크 대성당은 그곳을 대표하는 가장 큰 성당으로 12세기 건축으로 대지진 이후 1713년 바로크 양식으로 화려하게 재건축되었다. 가운데 돔 모양의 지붕이 하늘을 향해 높이 솟아올라 아름답다. 티치아노의 제단화 성모승천 그림이 있고 성블라이세의 유물을 포함한 수많은 보물들이 있다. 내전 대 포획을 받아 파손되었다가 많이 복구되었다. 도미니크 수도원은 기도와 묵상을 주로하는 수도원으로 전체를 박물관으로 꾸며 놓았다.

성 블레이즈 성당은 성 블라호를 기념하는 성당으로 입구 위에 그의 조각상이 서있다. 10세기경 베네치아의 공격을 두브로브니크 시민에게 알려 도시를 구해 수호성인으로 추앙을 받고 있는데, 1971년 지역 예술가들이 창문을 스테인리스로 꾸며 성당 안에 아름다운 빛이 감돈다. 그를 기리는 축제는 1972년부터 매년 열리고 있다.

동쪽 성벽 문을 나서면 두브로브니크의 관문이었던 옛 항구가 있다. 그곳에서 배 바닥으로 바다가 훤히 보이는 유람선을 타고 성곽 주위와 섬 주위를 돌았다. 이름을 알 만한 사람의 별장이라는 곳 등, 구 시가지를 배경으로 고급스러운 주택들이 즐비하게 늘어서 있고 요트들이 줄지어 서 있다.

이반 군둘리치, 그는 1589년 두브로브니크에서 태어난 유명한 시인으로 크로아티아 회폐 50쿠나 동전에 새겨지기로 한 크로아티아의 민족 운동가이기도 하다. 크로아티아의 군둘리치는 "세상의 모든 금덩어리와도 바꾸지 않으리라" 라며 두브로브니크를 노래했다. 두브로브니크는 자유이며 자유는 도시의 혼이다, 그것은 자유다. 자유는 세상에 있는 어떤 보물과도 바꿀 수 없다. 그 구절

은 그 도시의 혼이며 여러 나라 말로 자유에 대한 글이 적혀 있는
데 우리말로 적혀 있는 것을 소리내어 읽어 보았다. 자유의 정신
은 지혜와 번영의 정신이 곁들여 있다. 군둘리치 광장에 그의 조각
상이 있다. 군돌리치 광장 끝에서 계단을 올라오면 성 이그나티우
스 성당과 마주치게 된다.

　구시가지 위로 병풍처럼 솟아 있는 스르지 산은 해발 415미터이
다. 스르지 산을 올라가는 방법 중에 770여 미터의 케이블카를 타
는 방법도 있으나 차를 타고 올라가는 방법도 있다, 지그재그로 올
라가는 차를 타고 가다가 뷰포인트에 내려서 한눈에 들어오는 두브

로브니크를 카메라에 담았다. 석회암이 드러난 곳을 둘러보다가 아는 분의 따님이 이곳에서 결혼식을 했다고 했는데 그곳이 어디일까를 찾아보았다.

스르지 산 정상 주차장에 차를 세우고 바다가 내려다보이는 전망대로 갔다. 그곳에 있는 거대한 하얀 십자가는 1808년 나폴레옹이 세워 놓은 것이다. 스러지 산 정상에 크로아티아군 진지가 있었다. 가장 공격이 심했던 날이 1991년 12월 6일이었다. 그곳은 복원되지 않고 황폐한 그대로 있으며 여러 가지 형태로 전쟁의 폐해를 알려주고 있다.

전망대에 크로아티아 국기가 바람에 흔들린다. 이곳에서 바라보는 구시가지의 전망은 아름답다. 정원과 오렌지 나무가 유명한 앞바다의 로크루 섬과 아드리아 해의 바다가 태양빛에 빛난다. 윤슬이 일고 물결이 넘실된다.

여행의 흔적을 꺼내 다시 여행을 한다. 바다위의 성이 두둥실 떠 있는 아드리아 해의 진주, 지상 최대의 낙원, 크로아티아의 최남단 도시, 아름다운 구시가지는 역사의 보물창고이며 성벽 걷기는 그곳의 감상법이다. 낭만의 하이라이트 거리를 걸어 중세 시대 그 느낌 속으로 들어갔다. 성벽아래 붉은 색 지붕, 에메랄드 빛 바다를 감상하고 온 여행의 시간 감사하다.

# Ukraine

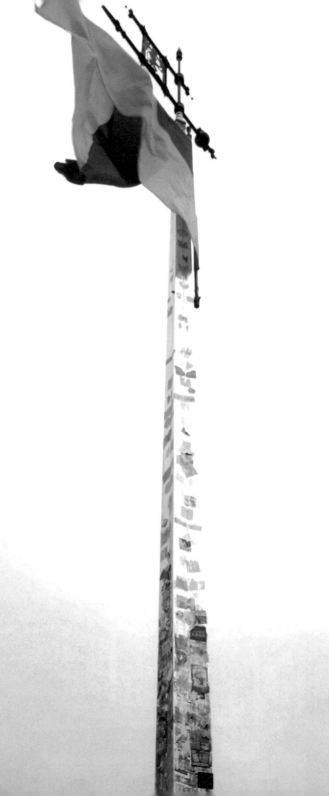

# 순례자

키예프 공항의 새벽 까마귀

까아악 까아악 까악

머리에 안테나를 달고

하늘 말씀에 주파수를 맞추고 있다


까마귀 말속에 신의 음성이 들어있다

세상 만물이 이야기하는 것을

이제야 나는 듣는다

내안의 내가 소리 속에 숨어서 말하고 있는 것을

# 숨은 보석같은 도시 리비우

이반 프랑코의 흔적이 즐비한 유네스코 세계 유산에 등록되어 있는 리비우 역사 지구를 다니 오게 된 일은 나에게는 행운의 여행이었다.

리비우 또는 르비브 (lviv) 로 불리는 우크라이나의 서부 수도이며 인구는 약 83만명이다. 리비우주의 주도이며 폴란드와의 국경으로부터 70km 지점에 위치해 있다. 리비우는 왼쪽 폴란드와 슬로바키아와 가까이 붙어 있다. 중세와 초기근대에는 폴란드 왕국, 후에 폴란드-리투아니아 연방의 주요 도시로 성장하였다. 연방의 분할 후 1918년 오스트리아-헝가리 제국 붕괴 후 폴란드 제2공화국의 영토가 되었다. 13세기에 설립된 이후 도시의 주인이 여러 번 바뀐 굴곡진 역사를 가지고 있다. 다만 전통적으로 폴란드의 영향력이 강했으며 폴란드 제2공화국 시절에는 폴란드의 주요 도시 중 하나였다. 1939년까지 한 번도 러시아의 지배를 받지 않았고 1980년대 우크라이나 민족주의가 다시 발생한 도시다.

리비우는 2차 세계 대전의 피해를 입지 않아 고딕양식부터 현대의 건축까지 볼 수 있는 살아있는 서부 건축 박물관처럼 느껴졌다.

리비우에 가기 전에는 이 지구상에 그런 곳이 있다는 것도 몰랐다. 국제펜 대회가 그곳에서 열렸고 나는 소련을 비롯해 북유럽을 다녀오는 길이었다. 상트페테르부르크에서 관광을 마치고 일행들과 떨어져서 단독으로 그 여행을 하게 되었다. 그리하여 내가 여행했던 어떤 것보다 모험적인 여행을 시작하게 되었다. 말하자면 여러 가지를 버리고 새로 선택하게 된 일정이었다.

우크라이나와 러시아의 정치적 여건으로 두 나라 사이를 직행으로 다니는 비행기는 없었다. 결국 옆 나라인 벨라루스의 민스크 공항을 경유해서 리비우로 가는 비행기가 있었다.

공항에서 만난 할머니의 비행기 루트가 같은 것임을 알고 반가웠다. 민스크에 도착해서 경유 시간이 여유롭지 못해 서둘러서 리비

우행 비행기를 갈아타고 우크라이나에 도착했다. 도착해서 택시로 호텔에 도착했고 일정에 합류하였다.

국제펜 행사는 호텔에서 행사가 진행되었지만 간간히 근처의 학교 공원 등에서 진행되기도 했다.

호텔에서 중심가로 가는데는 여러 가지 길이 있다. 나무가 우거진 공원이 나오는데 프란카 공원이다. 이곳에 커다란 이반 프랑코의 동상이 서 있다. 동상이 바라보고 있는 왕궁처럼 아름다운 건물이 리비우 국립대학교이다. 오늘날은 그의 이름을 붙여 리비우 이반 프랑코 대학교로 명명하고 있다.

그곳 상징의 라틴어 문구는 교육받은 시민들은 조국의 영광이라는 문구가 적혀 있다. 우크라이나는 20흐브리냐 지폐에 그의 초상을 새겨 그를 기리고 있으며 후면 도안은 1900년에 지어진 리보프 오페라하우스의 모습이 있다.

이반 프랑코 (1856~1916)는 우크라이나의 시인이며 작가, 문학 비평가, 언론인, 경제학자, 정치가, 민족학자, 우크라이나 언어로 된 최초의 탐정 소설과 현대시 작가이다. 그는 정치적으로는 급진적이었으며, 우크라이나 사회주의 운동의 기초를 마련하였다. 그는 자신의 문학 작품 이외에도 서구의 많은 작품과 셰익스피어, 바이런, 빅토르 위고, 괴테, 실러 등의 작품을 번역하였다. 그는 방대한 양의 작품을 저술했으며, 우크라이나 옛이야기로 [커다란 순무]라는 이반 프랑코의 작품이 우리나라에도 소개되어 있다.

신시가의 중심가 바로 동쪽이 구시가이다. 시중앙에 위치하고 있으며 가장 잘 보존된 도시 광장에 위치한다. 중심가 거리 가운데 당당하게 자리 잡고 있는 쉐브첸코 동상과 조형물을 볼 수 있다. 유럽에서도 손꼽히게 잘 보존된 아름다운 중세적 구시가지와 문화유산들을 보유하고 있는 도시 중 하나로 리비우의 랜드 마크라 할 수 있는 오페라 하우스를 만날 수 있다. 19세기의 시청과 그 주변은 정교하고 아름다운 석조 조각이 있는 16-18세기 건물들이 있다.

분수대를 지나고 민속 자료를 모아 놓은 역사박물관과 자연사 박물관, 미술관을 돌아보았다. 미술관에서 이콘화등 많은 성화를 볼 수 있었던 것도 인상 깊었다. 역시 전쟁을 치르지 않아 오래된 작품들이 그대로 남아 있었다.

리비우의 맥주는 유럽에서도 유명한 곳인 것 같았다. 리비우는 맥주박물관까지 운영하고 있다고 하는데 가보지는 못했다. 대신 리비우의 레스토랑에서 흑맥주를 마신 기억은 특별했다.

리차키프 공동묘지는 리비우 시내에 있는 가장 오래된 공동묘지 중 하나로 볼거리 중에 하나다. 공원처럼 잘 조성 되어있고 관광객 들이 많이 방문 하는 곳으로 1700년대부터 조성되었고 가장 오래된 묘는 1600년대의 묘지라고 한다. 러시아-우크라이나 전쟁 당시 전사자들도 묻혀있다.

이곳에 이반 프랑코의 무덤이 있는데 그는 여기에서 그의 가장 유명한 시 중의 하나와 관련한 돌 차단기 (Kamenyar)로 묘사되어 있다. 이반 프랑코의 무덤 앞에서 묵념을 하고 그곳의 조각상 옆에서 사진도 찍었다. 나무와 어우러진 묘지는 공원 같은 분위기였다. 몇몇 작가의 무덤을 찾아서 돌아보았다. 반 바퀴를 돌아서 찾은 코노프니츠카 작가의 묘지에는 많은 꽃들이 놓여 있었으며 알록달록한 초가 아기자기하게 꾸며져 있었다. 그녀는 단편작가이며 폴란드 문학에서 실증주의를 대표하는 중요한 시인으로 꼽는다.

도시의 전망을 보기 위하여 리비우 옛 성터인 하이 캐슬로 올랐다. 그곳은 14세기 리비우의 요새로 알려져 있는데 지금은 성벽의 일부만 남아있다. 올라가는 길이 여러 갈래인데 모두 중간에서 만난다. 주변은 공원으로 되어 있으며 새로 만들어진 기념탑과 동상이 있다. 오래된 나무들과 작은 오솔길이 많이 보인다. 층계를 이용한 등산길을 이용해서 올라갔다. 리비우 일대에서 가장 높은 곳으로 해발 413m가 정상이다. 광활한 대지 한가운데 서 있고 탁 트여 있어 리비우를 한눈에 내려다 볼 수 있는 정상에 높이 세워진 우크라이나 국기가 펄럭이고 있었다.

귀국하는 내 비행기의 출발지는 리비우가 아닌 키예프였다. 리비우와 키예프의 거리를 계산하지 않고 발권을 했었다. 키예프 - 민스크 - 모스코 - 인천의 일정이었다. 리비우에서 키예프까지는 비행기를 타야하는 거리로 서울에서 부산가는 거리보다 먼 거리였다. 현지인에게 물어보니 비행기 시간을 고려해서 가장 적절한 교통편이 고속철도라고 했다. 역 앞에 광장이 있는 기차 역사는 규모나 모양이 성채 같이 멋있었다.

역에 도착해서 오르락내리락 역사를 찾아 다녔다. 달려오던 기차가 리비우의 기차 역사에 서고 나는 핸드폰에 찍힌 열차표를 보여주고 내 자리가 있는 열차 칸을 찾아갔다. 밤에 출발해서 새벽에 도착하는 침대열차에 두 사람이 타는 침대칸이었다. 다행히 건너편 침대는 여성이 타고 있었고 영어를 할 수 있는 사람이었다. 밤이라 키예프까지는 가는 길에 펼쳐진 풍광을 보지 못해 아쉬웠다. 아마도 기차는 모스크바까지도 가는 듯했다. 알람을 울려놓고 잠을 자고 일어나니 안내양이 깨우러 왔다.

혼자하는 여행이라 누가 챙기거나 말을 걸 사람도 없는 말 그대로 엄청난 모험의 여행이었다.

키예프 기차역에 가방을 들어주는 포터가 기다리고 있었다. 얼마냐고 묻고 가방을 맡겼다. 긴 계단을 가방을 들고 가는 일이라 다들 그렇게 하는 것 같았다. 그 나라말 몇 마디를 적은 종이를 보여주고 따라갔다. 버스를 타고 다시 공항으로 가야 했다. 공항으로 가는 버스가 기다리고 있었고 그곳에서 아시아로 가는 영어를 말하는 여인과 말을 하게 되어 나름 안심이 되었다. 한 시간 남짓 버스를 타고 도착한 공항은 검은 남자들로 가득 차 있었다.

새벽에 도착한 낯선 공항에 사람들이 바글바글하다. 혼자 여행하는 작은 동양여자는 일제히 검은 옷을 입은 검은 눈들이 마주칠 때마다 시선을 피했다. 의자에 앉아 기다리다가 머리에 쓴 뚜껑같은 모자와 박스 같은 것에 대해서 묻게 되었고 안테나라고 말을 해서 퍽하고 웃음이 터져 버렸다. 그때까지 긴장해서 숨을 쉴 수도 없을 것 같은 상황이 재미로 돌아섰다. 그 검은 옷의 무리는 순례자였고 그곳에 성지 순례를 다녀온 특별한 차림이었다. 좀 더 신과 가까이 가기 위해, 신과 통화를 하기 위해 머리를 땋고 머리위에 동그란 천으로 만든 뚜껑을 덮고 그런 것들이 보이기 시작했다.

끝없이 줄을 기다리는데 민스크로 가는 사람들을 줄이 길지 않은 곳으로 안내를 했다. 비행기를 타기까지 결코 쉽지 않은 여정이었다.

민스크에서도 영어도 통하지 않고 공산국가의 냄새를 풍기는 군복에 복잡한 절차가 기다리고 있었다. 단지 지나가는 여정임에도 입국에 관련한 서류를 쓰라고 했던 것도 같다. 모스크바를 지나 인천공항까지 나는 길을 잃지도 않고 잘 도착했다. 기적 같은 순간 순간이 있었고 보이지 않는 수호천사가 안내하고 있는 것 같았다.

볼거리가 많았고 다른 유럽의 나라들에 비해 경제적인 곳인 리비우는 숨은 보석과 같은 곳으로 자유여행으로 다시 가 보고 싶은 곳이다.

# Bosnia and Herzegovina

# 돌의 뼈

스타리 모스트*

오랜 된 다리에 섰다


맨질맨질 닳아

미끄러질 것 같은

내 손 색깔의 밝은 노란 돌은

큰 슬픔 기억하고 있다


독재가 자유 억압 위해

민족 간에 전쟁을 부축이고 했던

교훈의 다리 옆에

Don't forget '93이라 새겨져 있다


소리 없이 울음 감추고

뼛속에 아픔의 역사 새긴 돌이

다리로 버티고 서서

세계인들에게 등을 내어주고 있다

*스타리 모스트
오래된 다리라는 뜻으로 모스타르에 있다.
보스니아 내전의 상처로 화합의 다리로 거듭난 다리다.

# 오래된 다리, 스타리 모스트 모스타르

　이보 안드리치의 노벨문학상 수상작이기도 한 [드라나 강의 다리]는 여행을 다녀와서 읽기 시작한 책이다. 그 나라의 위대한 문인 작품을 읽어보는 것은 그 민중의 삶을 이해하기 위한 단초로서 중요하다. 주로 여행을 하기 전에 읽어 보는 것이 정석이겠지만 나는 여행을 다녀와서 그 작업을 한 셈이다. 이보 안드리치의 소설 속에도 네 개의 겹쳐진 종교와 서너 개의 민족이 다리를 건너며 서로 어울리고 살았던 비세그라드의 역사와 전설로 흥망성쇠의 과정이 소설의 큰 줄기를 이룬다. 민족과 종교를 따지지 않고 이웃으로 만나고 이야기를 나누고 서로 돕고 평화롭게 공존하던 시절도 그려 두었다.

　그러나 [드라니 강의 다리]는 내전의 상황을 모르고 쓴 소설이었다. 종교적 다양성은 이 지역에 고유한 종족적 민족주의와 결합하여 끔찍한 전쟁으로 불붙었다. 작가는 인종청소라는 끔찍한 상황까지는 상상도 하지 못한 일이었다.

　보스니아-헤르체고비나는 유럽의 동남부와 발칸 반도 북서부에 위치한 국가이다. 내륙국이라고 생각하기 쉽지만 네움 시를 통해 아주 짧은 거리지만 해안과 맞닿아 있다. 동쪽으로 세르비아, 몬테네그로와 경계를 이루며, 3면을 크로아티아가 둘러싸고 있다. 이 지역은 오랫동안 지역 지배권을 둘러싸고 경쟁해왔던 강력한 지역 세력의 영향 아래 놓여 있었다. 이러한 영향들은 보스니아-

헤르체고비나를 유달리 풍부한 인종적·문화적 혼합 지역으로 만들었다. 국민 구성은 이슬람계, 세르비아계, 크로아티아계로 구성되어 있으며, 주요 종교 또한 이슬람교· 세르비아정교, 로마가톨릭교가 공존하고 있다. 세르비아와 크로아티아 사이의 역사적·지리적 위치뿐만 아니라 여러 인종으로 이루어져 민족주의의 영토 확장의 열망이 컸다. 북부의 보스니아와 남부의 헤르체고비나라는 두 지역의 지명을 합쳐서 만들어진 국명이다. 옛 유고슬라비

아 연방 시절부터 수도는 사라예보였다.

모스타르(Mostar)는 보스니아 헤르체고비나 지역에서 가장 크고 가장 중요한 도시이며 다섯 번째로 큰 도시이다. 모스타르는 네레트바 강 바로 위 다리를 지켰던 "다리 파수꾼들"을 뜻하는 이름이다. 그곳에는 무슬림, 가톨릭, 정교회의 종교가 다른 주민들이 섞여서 평화롭게 살고 있었다. 인구 약 8만 명의 모스타르는 아드리아 해로 흘러드는 네레트바 강 연안에 위치하고 있고 있으며 지층구조가 비스듬히 쌓여있다. 중세의 건축물이 많으며, 로마 시대의 성, 1556년에 건설된 다리, 터키령 시대의 이슬람교 사원 등이 유명하며, 1878년에서 1918년까지의 오스트리아 지배 때는 세르비아 애국운동의 중심지가 되기도 했다.

스타리 모스트(Stari Most)는 오래된 다리라는 뜻을 가지고 있으며, 모스타르의 상징과도 같은 장소이다. 동로마는 1453년 오스만 트루크에 멸망하고, 오스만 제국의 지배를 받던 동안에 스타리 모스트라는 다리가 건설되었다. 오스만 투르크가 이 지역을 점령한 뒤 네레트바 강을 건너기 위한 다리로 1557년에 건설하기 시작하여 1566년 완공되었다. 당시 아치 하나로의 단일구간으로는 세계에서 가장 긴 다리였다. 석재만을 이용해서 만들어진 거대한 아치는 당시 오스만 투르크의 건축 기술을 그대로 보여 주고 있다. 다리의 폭은 4m, 길이는 30m이며, 네레트바 강에서 터의 높이는 약 24m이다. 이 다리는 보스니아 전쟁이 진행 중이던 1993

년 11월 9일 10시 15분에 크로아티아 방위 평의회 부대에 의해 파괴되었다. 400년 이상 보존되었던 유서 깊은 네레트바강의 다리가 크로아티아의 포격으로 무너졌다. 이후 유네스코의 지원으로 복구되었으며 2005년 유네스코 세계유산으로 지정되었다. 비록 이 다리는 새롭게 건설되어 있으나 도시의 곳곳이 20년이 지난 지금도 부서진 상태로 방치되어 있는 곳이 있다. 도심의 모스크 옆은 그 당시 사망한 사람들의 묘지로 변해 있다. 산꼭대기에 있는 묘지의 십자가는 다리건너 멀리서도 보였다.

모스타르 곳곳에는 보스니아 내전의 상흔이 아직도 남아 있다. 총탄자국이 끔찍했던 전쟁의 기억을 되살리는 듯 했다. 동글동글한 돌이 박혀있는 바닥으로 이어진 거리가 아름답다. 반질반질한 노란 돌의 다리를 건너면 그곳에 무슬림이 살았던 지역인 듯한 그곳에 상점들이 주욱 늘어서 있다. 터키식 집들은 금속공예품 금은세공품 들이 아름답게 장식되어져 관광객을 부르고 있다. 전쟁 흔적의 총탄으로 만들어진 열쇠고리나 필기구 등의 기념품도 있었다. 비행기를 타야하니 그런 물건은 오해를 받을 수 있으므로 사면 안 된다고 하는 내용은 인지되었다. 이슬람 바자르의 거리에는 울로 만든 목도리가 많이 진열되어 있었다.

제1차 세계대전의 도화선이 된 사라예보 사건은 1914년 6월 28일에 일어났다. 당시 오스트리아-헝가리 제국의 황태자 부부가 사라예보에 왔다가 보스니아 출신의 세르비아계 학생 가브릴로 프린

치프 에게 오스트리아의 프란츠 페르디난트 대공이 암살된 사건이 었다. 이 사건으로 오스트리아가 세르비아를 침공하면서 1차 세계 대전이 시작되었다.

1918년 새롭게 건국된 보스니아-헤르체고비나는 세르비아·크로 아티아·슬로베니아 왕국의 일부로서 세르비아에 합병되었다. 제 2차 세계대전 동안 보스니아의 세르비아인들은 크로아티아계 공 산정권의 인종학살정책으로 극도의 고통을 겪었고 보스니아와 헤 르체고비나 두 지역은 1946년 유고슬라비아공화국의 일부가 되었다. 1946년 북부의 보스니아와 남부의 헤르체고비나지방이 합쳐 유고슬라비아 사회주의연방공화국의 일원이 되었다. 구 유고슬라비아가 대통령 티토의 사망과 소련의 붕괴와 함께 6개의 공화국으로 분리 독립하였다. 세르비아,크로아티아,슬로베니다,보스니아 헤르체고비나, 몬테네그로, 마케도니아가 그들이고 코소보 역시 분리 독립을 원하고 있었다.

티토가 사망한 후 유고슬라비아의 세르비아 대통령으로 극단적인 민족주의자 슬로보단 밀로셰비치, 크로아티아에서는 투드만이 선출되면서 민족 간 긴장이 극도로 조성된다. 1991년 크로아티아가 독립을 선언하자 양국 간 전쟁이 발생한다. 이동하는 동안 버스 안에서 밀로세비치의 성장 과정과 그의 일생을 담은 다큐멘터리 비디오를 보았다. 한 사람의 성장 과정에서의 결핍과 그에 따른 야욕에 얼마나 많은 사람들이 반목하고 전쟁에 휩싸였는지를 알 수 있었다.

1991년 유고슬라비아 사회주의 연방공화국 분리 이후에, 보스니아-헤르체고비나는 독립을 얻었다. 하지만 나라는 바로 더욱 확대된 유고슬라비아 전쟁에 휘말리게 되었다.

보스니아는 유고슬라비아 사회주의 연방을 구성하던 공화국의 하나로 1992년 4월 3일에 유고슬라비아의 해체와 더불어 독립하였다. 3인의 공동 대통령은 8개월씩 윤번제로 정권을 담당하며, 그 아래 총리는 내각을 이끌고 있다. 대외적으로는 중도를 표방하고 있

으며, 1992년 유엔에 가입하였다. 보스니아가 독립을 하자 이를 반대하는 세르비아계의 정교회와 크로아티아계의 카톨릭계가 개입하면서 이 내전이 국제전의 양상을 띠게 되었다. 1992년부터 1995년까지 3년간의 보스니아 내전, 복잡한 발칸반도의 민족구성 및 종교적인 문제와 강대국 간의 충돌로 세계의 화약고로 불려 왔다. 유고연방이 해체되고 독립을 원한 보스니아의 보스니아계와 크로아티아계를 용납할 수 없었던 세르비아의 인종청소라는 말이 등장할 정도로 무차별적으로 시민을 공격하고 학살했다. 이 일로 이웃으로 지내던 모스타르의 무슬림과 가톨릭간의 치열한 전쟁으로 모스타르시의 파괴는 엄청났다.

[사라예보의 첼리스트]를 읽었다. 1992년 사라예보에서 일어

난 내전을 바탕으로 한 실화를 그린 소설이다. 소설은 전쟁의 야만성과 이를 치유하는 음악의 힘을 그렸다. 소설에서 보면 사라예보에는 '저격수의 거리'라는 것이 있다는 것을 알 수 있었다. 시민들은 저격수들을 피해 사각지대를 찾아 움직여야 했다. 하지만 빵을 사던 시민들의 머리위로 포탄이 날아들었다. 그러던 어느 날 부서진 그 거리에 한 사람의 첼리스트가 찾아와 연주를 하기 시작했다. 전쟁터의 절망 속에서 울려 퍼진 첼로의 선율, 알비노니의 아다지오가 흐른다. 소설에서는 음악으로 희망의 끈을 이어주고 있었다. 그곳을 다녀온 뒤의 여운은 컸다.

보스니아 내전은 유고연방 해체과정에서 독립을 요구하던 보스니아와 크로아티아인들을 상대로 벌인 세르비아 군의 학살사건이었지만, 모스타르 내전은 이슬람교의 보스니아인과 카톨릭의 크로아티아인 사이의 학살사건이다. 이곳은 불과 20년 전에 피를 부르는 전쟁의 슬픈 역사를 간직하고 있다. 이곳을 여행하고 참 많은 사람들이 전쟁에 대해서 또는 종교적 갈등에 대해서 많은 사유를 했었구나 하는 생각이 들었다.

다리 아래 강가에 섰다. 에메랄드빛의 강은 물살이 세다. 그 위에 오리들이 놀고 있고 도시의 중심을 흐르는 네레트바강은 아무런 말이 없이 흘러가고 세월이 흘러간다. 전쟁으로 구멍 난 건물들이 아직도 그대로 남아있는 그곳은 전쟁으로 상처받은 사람들의 가슴에 남은 상처는 오랜 시간 그대로 안고 있을 것이다.

그 지역을 여행하고 많은 생각을 했었지만 시간이 지나고 책 제목도 생각나지 않을 정도로 여행에서의 기억들이 사라졌다. 첼리스트가 생각나지 않고 피아노만 생각나는데 그 책의 이름을 찾을 수가 없었다. 결국 도서관 자료에서 내가 읽었던 책들 중에서 찾아 낼 수 있었다.

콩나물은 물을 마셨을 뿐 물은 흘러갔고 어느새 콩나물이 자라 있다는 것을 안다. 지식이나 여행의 기억들도 그럴 것이다. '시인의 여행'을 준비하면서 많은 내용들이 그러함을 느끼며 반성도 한다. 하지만 사라진 듯해도 무의식의 기억처럼 내 세포 어딘가에 숨어 있는 기억들이다.

여행을 한다는 것은 또 한편으로는 세계의 한 페이지를 펼쳐보는 일이기도 하다. 이번 여행기는 세계사를 공부하듯이 단편적으로만 알았던 그 나라의 역사에 대해서 찾아보았다. 이는 또한 내 삶을 되짚어 보는 시간이 되기도 했다.

Sweden

# 노벨상

과학자가 발명한 다이나마이드

죽음의 상인이 죽었다는 오보에

인류에 기여한 이를 기리는 상 제정 되었네

그중의 노벨문학상

옆집도 받았고 뒷집도 받았는데

우리집은 왜 못 받았나

목을 빼고도 있다가 대책 토론장 열렸네

수상작을 낸 나라는 28개국이고

118인의 문인이 상을  탔던 노벨 문학상

가장 빼어난 이상주의적 작품을 쓴 문인이

우리나라에서도 나왔으면

나왔으면 좋겠네

생존 작가에게 수상되니

장수해야 하는 요건도 있다네

## ABBA의 노래와, 노벨상 수상식장이 있는 스톡홀름

스웨덴의 수도인 스톡홀름은 발트 해와 스웨덴 내륙의 멜라렌 호 사이에 있다. 스칸디나비아 반도에 위치한 최대의 도시이며 서부는 멜라렌 호와 이어지는 큰 강줄기를 끼고 있고, 동부는 다도해 해안 형태로 발트 해와 만나고 있다. 14개의 큰 섬과 3만개의 작은 섬이 57개의 다리로 이어진 스톡홀름은 '북방의 베네치아'라고 불릴 만큼 넓은 수면과 잘 연결된 운하가 있는 영화배우 잉글리드 버그만과 그레타 가르보가 살던 도시이다.

스톡홀름'이라는 이름은 1252년 기록물에 처음으로 언급되었다. Stock은 통나무라는 뜻이고 holm은 섬이라는 뜻이다. 이 이름은 이 지역을 처음 발견한 사람들이 멜라렌 호 상류에서 통나무를 동동 띄워 땅에 닿는 곳에 도시를 짓기로 했다는 이야기에서 유래되었다. 스톡홀름은 스웨덴의 문화와 언론, 정치 그리고 경제의 중심이다. 1634년 스웨덴의 정식 수도가 된 이래 지금까지 스웨덴의 수도로서 역할을 하고 있다.

스웨덴 스톡홀름의 시청사는 쿵스홀멘 섬 동쪽 끝에 위치한 스톡홀름 최고의 랜드 마크로 자리잡고 있는데 '세계에서 가장 아름다운 시청 건물'로 꼽힌다. 고딕풍의 창과 비잔틴 스타일의 금색 장식, 하늘 높이 솟은 첨탑이 잘 어울린 북유럽의 대표 건물로 내셔널 로만 양식의 건축물로 중세풍의 건축미가 가장 뛰어나다고 한다.

　시청사 남동쪽의 106m 높이에 달하는 탑의 꼭대기에는 스웨덴을 상징하는 3개의 왕관이 장식되어 있다. 시청사의 탑은 엘리베이터 또는 365개의 계단을 통해 접근할 수 있고, 탑 안에는 전망대가 설치되어 있어 스톡홀름 시가지를 한눈에 볼 수 있다고 한다.

　시청사 안으로 들어서면 블루홀 이라는 기둥이 없는 넓은 공간을 만나게 된다. 푸른색을 띤 바닥 타일로 장식된 블루홀에는 10,270개의 파이프로 구성된 오르간이 설치되어 있다. 이 오르간은 스칸디나비아에서 규모가 큰 오르간이다.

　블루홀은 각종 행사 등 다양한 목적으로 사용되는데, 가장 유명한 행사는 노벨상 수상 축하 만찬회라고 한다. 노벨상의 시상식은 매년 12월 10일 오후 4시 30분 알프레드 노벨이 세상을 떠난 날과 시각에 갖는다.

시청사에서 최고로 아름다운 방은 2층에 있는 황금의 방, 골든홀인데, 이 황금의 방은 노벨상 수상자 들이 만찬을 마치고 나서의 무도회장으로 사용된다고 한다. 마침 그곳을 방문한 날이 생일날이라 그곳이 더욱 뜻 깊게 느껴졌다. 붉고 고풍스러운 건물 아래 수십 개의 아치형 회랑의 멋진 공간을 빠져 나오면 바로 이어지는 소규모 공원 잔디밭이 설치되어 있다. 그곳에 앉아 탁 트인 경치와 푸른 호수로 이어진 아름다운 풍광을 즐길 수 있다. 공원 안에는 15세기 스웨덴의 혁명가 엥겔브렉트의 동상, 스웨덴의 조각가 칼 엘드가 제작한 조각 작품이 설치되어 있다.

스웨덴의 수도 스톡홀름을 처음 개척한 것으로 알려진 스웨덴의 귀족 비르게르 얄의 '세노타프cenotaph'인데, 죽은 사람을 기리기 위해 안에 (실제 시체는 들어가 있지 않지만) 마치 시체가 들어가 있는 것처럼 무덤 모양으로 만들어 놓은 것이 신기했다.

감라스탄은, 중세 스톡홀름의 중심지였던, '구시가'란 뜻을 지닌 섬인데, 13세기 이곳에서 스톡홀름의 역사가 시작되었다. 중세가 그대로 보존되어 있는 곳으로 스톡홀름 여행자들에게 가장 사랑받는 장소이다. 스타드스홀멘, 헬게안드스홀멘, 리다르홀멘으로 이루어져 있다. 이 지역에 있는 건물들은 대부분 16~17세기에 건립되었으며, 법적으로 개조가 금지되어 있다.

감라스탄의 대광장에서 철의 광장에 이르는 골목마다 바로크와 로코코, 고딕 등 다양한 시대의 건물이 오밀조밀 모여 있다. 중세도시를 연상시키는 골목골목에 모여 있는 집들은 상점, 음식점, 갤러리 등 다채로운 장소로 활용되며 사람들을 끌어들인다. 한 상점에서 스웨덴의 상징인 다양한 채색의 목각 말 인형인 달라헤스트를 몇 개 골라서 데리고 왔다. 감라스탄의 중심의 대광장 분수 주변으로 여러 색의 아름다운 건물이 빙 두르고 있는데, 노벨의 생애와 노벨상에 대한 정보를 만날 수 있는 '노벨 박물관'이 있다.

작년에 열렸던 제7차 세계한글작가 대회에서 한글문학이 노벨문학상 어떻게 만날까를 여러분들이 다각적 방법으로 모색하며 다양한 연구 토론을 한 적이 있었다. 그 결과의 하나로 지난 3월 24일 국제펜 한국본부에서 한국문학과 노벨문학상 심포지엄이 연세대에서 있었다. 한국펄벅 연구회 회장이기도 한 최종고 교수는 '노벨문학상에로의 험로, 과제와 전망'에 대해 발표했다. 필자도 그 토론에 참석할 기회가 있었다.

노벨상은 물리학상, 화학상, 생리학/의학상, 문학상, 평화상이 있고 1969년 스웨덴 중앙은행에 의해 경제학상이 추가 되었다. 관광 중에 스웨덴 대표 기업인 이케아가 새겨진 유람선이 눈에 띄었다.

바사 박물관은 스웨덴 스톡홀름에 위치한 해양박물관으로 배 모양으로 설계 되었는데, 스칸디나비아 반도의 박물관들 중에 가장 많은 사람들이 방문하는 박물관이라고 한다. 스웨덴의 국력이 절정기에 달했던 바사 왕가의 구스타프 아돌프 2세가 재위하였던 1625년에 전쟁에 사용하기 위한 군함으로 건조되어 1628년 8월 10일 처녀항해 때 침몰한 전함 바사호가 전시된 곳이다.

지금으로부터 약 400년 전, 스톡홀름 항구에서 늠름한 자태를 뽐내며 첫 출항을 했던 배가 망망대해를 누비지도 못한 채 침몰하고 말았다. 전문가들이 인양된 바사호를 연구 분석 해본 결과, 바사호는 처음 건조 될 때부터 많은 착오와 오류를 가지고 있었음이 밝혀졌다. 바닷물에 잠기는 선체의 비중이 배 전체와 비교했을 때 너무 작았고 그로 인해 배의 무게중심의 높아지면서 안정을 유지하지 못했던 것이다.

총길이 69m, 최대폭 약 11.7m, 높이 52.2m. 무게 1200톤, 대포 64문을 장착한 거대한 군함으로 배에 실려 있었던 대포나 기구류도 함께 전시되어 있다. 영원히 바다 속에서 잊혀 질 줄로만 알았던 비운의 배는 배에 대해 꾸준한 관심을 가지고 있던 한 역사학자인 앤더스가 최초로 발견해 배 속에 있던 17세기 문서들을 토대로 바사호가 침몰했을 것으로 추정되는 위치를 끊임없이 탐사한 결과 마침내 1956년 바사호의 갑판을 만드는데 사용된 검정 참나무의 잔해를 찾아 결국 바사호가 가라 앉아 있다는 것을 입증 할 수 있었다. 침몰한지 333년만인 1956년에 발견되어 1961년에 스톡홀름 항구에서 인양되었다.

스웨덴어로 '요새'를 뜻하는 스칸센은 유럽 최대 규모의 박물관으로, 30만제곱미터의 대지 위에 들어선 150여 채의 건물들은 스웨덴 각지에서 그대로 옮겨온 것들이다. 우리나라의 민속촌 같은 스웨덴 스톡홀름주 유르고르덴에 위치한 야외 박물관, 동물원이다. 1891년 문을 연 스칸센은 30만㎡ 규모의 세계 최초 야외 박물관으로 스웨덴 전국 곳곳의 전통 가옥 150채를 비롯해 각종 나무, 동물 등을 만날 수 있다. 특히 17~19세기 생활 모습을 그대로 재현해 눈길을 끈다. 옛 모습 그대로의 집에 들어서면 당시 사람들의 생활 모습을 만날 수 있으며 전통의상을 입은 이들이 빵을 만들고, 유리 공예품을 제작하고, 차를 판다. 그곳은 20대에 다녀왔었는데 사진을 찾아보며 이름을 떠올려 보는 것도 즐겁다.

19세기 초까지 스톡홀름은 왕궁이 있는 구시가지 감라스탄과 그 남쪽의 쇠데르말름, 북쪽의 쿵스홀름 및 노르말름, 외스테르말름의 한정된 지역에만 있는 작은 도시였다. 그러다가 19세기 말부터 공업 발달로 인해 이민자들이 대거 유입되며 도시가 팽창하기 시작하여, 유르고르덴 지역이 개발에 포함됐다. 유르고르

텐은 스톡홀름 중부에 위치한 섬으로 박물관의 섬으로도 불린다
고 한다. 스웨덴의 수도 스톡홀름의 주요 볼거리가 노르말름, 감라
스탄, 유르고르덴섬에 흩어져 있다. 감라 스탄의 노벨 박물관, 유
르고르덴 섬의 바사박물관, 스칸센, 북방민족 박물관, ABBA 박물
관 등 박물관들이 굉장히 많다.

　세계적인 4인조 그룹 '아바'의 모든 것을 만날 있는 아바 박물관
이 있는데 들려보지는 못했다. 스웨덴의 자연을 닮고 고유한 감
성을 닮고 있는 아바, 아그네사, 베니, 비요른, 에니프리드 이름
의 첫 글자에서 ABBA가 탄생되었다. 스웨덴의 스톡홀름의 추억
을 떠올리고 이 글을 쓰며 ABBA의 노래를 들으니 추억이 새롭다.

# 웁살라 정원에서

삼각형의 나무 피라미드가 좌우대칭으로 정돈된 정원

갖가지 다알리아 꽃이 피어 있는 아름다운

그 정원에도 우리의 상강 왔을 게다

서리꽃 피고 꽃들 사라지고

뿌리가 내년 기약하겠지


칼 폰 린네, 한때 그가 살던 흰기둥 집

북적였을 그곳

덩그러니 그 자리 지키던 동상

침묵으로 오래 기다렸다고 말한다

가을빛 물드는 거대한 정원

시간을 짜내 홀로 걷는 사색의 길

정원 가꾸기 좋아하는 나는

구근하나 꽃씨 뿌리는 일도 다 손길의 섭리임을

우거진 나무와 꽃들의 전율 속

떨리는 시선으로 그의 손길 더듬는다


나뭇잎 하나가 숨 한번 쉬고

제비돌기를 하고 나니

연못이 전율을 일으킨다

# 제88차 국제펜총회가 열린 웁살라

웁살라는 스톡홀름이 스웨덴의 수도가 되기 전, 정치 및 종교적인 중심지 역할을 했던 고도이다. 수도 스톡홀름에서 북쪽으로 71킬로미터 떨어져 있다. 스웨덴 웁란드의 주도로 스웨덴에서 스톡홀름, 예테보리, 말뫼에 이어 네 번째로 큰 도시이다. 스톡홀름까지 기차로 40분 정도 거리여서 스톡홀름에서 일하는 웁살라 주민들이 많다. 스톡홀름 - 알란다 공항으로 가는 열차편도 17분밖에 걸리지 않아 비행기를 이용하기도 쉽다.

제88차 국제펜총회가 열리는 도시 웁살라, 이런 이유가 아니면 그런 도시가 있다는 것도 모르고 지나갔을 것이다. 스칸디나비아 북유럽의 아름다운 도시 웁살라에 푹 빠졌던 가을날이다. 코로나 펜데믹으로 발이 묶였던 여행길에 2022년 다시 달려 나갔다. 호텔에 여장을 풀고 지도를 들고 찾아갔던 중세의 거리들, 퓌리스강은 도시를 분명하게 두 곳으로 나누고 있는데 강 서쪽은 역사적 구역이고 동쪽은 현대적인 주거, 상업이 이뤄지는 도시 중심 지역이다. 역사적 명소와 대학 건물은 대부분 서쪽에 있다. 그곳은 중세 때 모습의 거리가 뻗어 있고 강과 공원들 위로 성당이 우뚝 솟아 있다. 성을 지나고 만난 대성당 그리고 찾아간 문학의 집 가을빛이 아름답다

웁살라 대학교. 스웨덴 웁살라 주의 중심 도시 웁살라에 위치

한 공립대학으로 1477년 야콥 울브손 대주교에 의해 세워졌다. 덴마크 국왕 크리스티안 2세의 스톡홀름 대학살로 인해 발생한 구스타브1세 바사의 스웨덴 독립전쟁이나 시기스문드와 칼 9세 내전 등으로 한동안 침체되었으나 구스타브2세 아돌프의 지원을 받아 스웨덴 최고 학문기관으로 올라서게 되었다.

  웁살라 대학에서 제 88차 국제펜총회가 개최 되었다. 총회의 개회식과 몇 가지 소 위원회 행사가 있던 대학 본관은 고풍스럽고 아름답다. 복도는 어느 궁전에 와 있는 듯하고 2층 회랑에는 비너스 조각상을 비롯한 여러 조각상들이 즐비하게 서 있다. 푸른 등이 비치는 돔의 국제펜총회 대회장은 위엄스럽게 아름다웠다. 세계의 작가들이 한자리에 모여 글의 힘, 권력으로부터 자유로운 환경에서의 글에 대해 이야기했다. 뭉클한 순간이다.

스칸디나비아에서 가장 오래된 고등교육기관으로 섭씨 눈금 온도계가 이 대학에서 발명되었다. 개교 560년의 역사와 전통을 자랑하는 북유럽 최초이자 최대의 대학 도시이다. 오늘날에는 스웨덴뿐만 아니라 북유럽 최고 수준을 자랑하는 대학교로 꼽히고 있다. 2022년 기준 16명의 노벨상 수상자와 더불어 스웨덴 유수의 인물들을 배출하였다.

웁살라 대학교의 본관 건물 앞에 꽃들에 둘러싸인 야곱 울브손 의 동상이 세워져 있다. 입구 정원 둘레에 바이킹 문자가 새겨진 돌이 서 있다. 글자 이전의 기하학적 문양으로 그림으로 그려진 글로 읽혀졌다.

그 대학 역사가의 안내로 대성당 등의 투어가 있었다.

가장 눈에 띄는 건물인 스웨덴 웁살라 대성당은 750년 역사를 지닌 스칸디나비아에서 가장 큰 성당이다. 탑의 높이는 최대 118.7 미터에 달한다. 스웨덴의 첫 번째 왕이었던 구스타브 바사 왕 부부와 식물학자 칼 폰 린네 그리고 그의 스승인 루드 베크를 비롯한 유명 인사들이 이곳에 잠들어 있다. 입구에서 멀지 않은 곳에 평장되어 있는 린네의 표지석을 만날 수 있다. 성당 안의 파이프 오르간은 스웨덴 최대 규모라고 한다. 그곳을 방문한 시

간에 잠시지만 파이프 오르간 소리를 들을 수 있었다. 파이프 오르간 소리가 해설을 방해하는 그런 시간 참 좋았다. 1164년부터 웁살라는 스웨덴 교회학 연구의 본산으로 스웨덴 교회의 대주교좌가 있다. 구스타브 바사의 무덤에 대해 장황하게 설명을 한다. 젊은 셋째 부인은 오래 살았던 듯하다.

지금의 도서관인 카롤리나 레디비바 건물에 대한 많은 이야기도 있지만 역사는 흘러가고 지금은 도서관이다. 대학에서 멀지 않은 곳에 있으며 스웨덴 최대 도서관인 웁살라 대학 도서관 (Carolina Rediviva)이다. 500만 권이 넘는 책과 약 6만 건의 원고를 가지고 있다. 이 건물은 1820-41년에 지어졌다. 1층에는 전시실이 있고 3층으로 보이는 건물은 층이 중간 중간 나누어져 있었으며 수많은 책들을 볼 수 있었다. 오래된 역사의 원고들을 볼 수 있다.

웁살라 성은 스웨덴 왕국의 창시자 구스타브 바사가 1540년에 지은 요새이자 성이다.

웁살라 시내를 내려다 볼 수 있는 언덕에 자리 잡은 웁살라 성, 수도였던 웁살라의 역사를 알려 주는 문화 공관으로 과거와 현재의 스웨덴을 함께 만날 수 있는 대표적인 공간으로 구스타브 바사 왕이 1540년 축조하기 시작해 1600년대 중반까지 3명의 왕에게 계승되어 완성되었다. 스투레 학살과 웁살라 교구의 창설, 스리스티나 왕비의 양위를 비롯한 크고 작은 사건이 벌어졌고, 1719

년 울리카 왕비의 대관식을 마지막으로 스톡홀름 왕궁에 공식 왕궁의 역할을 넘겼다. 왕실의 주거지이고 연회나 축하 파티를 했다. 스웨덴 왕들은 성의 앞쪽 언덕 아래에 있는 웁살라 대성당에서 대관식을 했다고 한다.

성문이 닫혀 있어 들어가 볼 수 있나 싶었는데 총회의 장소가 그곳이라 마음껏 성 내부를 볼 수 있었다. 들어갈 때는 삼엄한 검열을 거쳐야함은 물론이다. 우크라이나와 러시아의 전쟁으로 테러가 일어날 수도 있는 상황이라 총회의 사진을 SNS에 올리는 일 등은 조심해야 했다. 어느 날은 피켓을 든 무리들이 왔다가는 것을 보기는 했다. 대학 건물 뒤에 마틴 루터 킹 관련 조각물이 서 있다. 마틴 루터 킹 목사는 웁살라 총회에서 주제 연설을 하기로 되어 있었으나 직전에 암살당했다. 성안 다른 공간에는 시립 미술관 평화의 집 등이 함께 자리 잡고 있다.

성의 역사와 관련된 인물들의 그림과 동상들이 성 내부를 장식하고 있다. 1층을 지난 2층으로 올라가는 계단을 지날 때 동상이며 초상화가 걸려 있다. 꼭대기에 위치한 성이라 창밖으로 도시가 한 눈에 보인다. 회랑을 지나 도착한 총회장에는 각국의 팻말이 적혀 있다. 점심은 3층에서 많은 인원들이 한자리에서 식사할 수 있게 준비되어 있었다.

현재 웁살라 성은 웁살라 대학 전시관과 주지사 공관으로 사용되고 있다고 한다. 총회 마지막 날. 폐회식이 있는 만찬장에 들어가

서 웰컴 샴페인을 마시며 각국의 대표들과 인사를 하고 대화를 나누었다. 만찬은 화려했다. 그리고 또 다른 만남을 기약하는 시간이 있었다.

  서문입구에는 구스타브 바사의 동상이 서 있다. 낯익은 이름이라고 생각했는데 바사 박물관의 그 바사의 동상이었다. 성 주위에 대포가 설치되어 있고 긴급 상황을 알리는 구질라 종이 있다. 구질라 종은 요한 3세 부인인 구질라가 주조하여 성 예배당에 헌납한 것이다. 구질라 종이 있는 곳에서 바라본 단풍이 물든 풍경과 대성당의 조화된 아름다움은 눈에 넣어도 아프지 않을 광경이었다.

해질녘 분홍빛이 돌던 성 앞 바사왕 동상 아래에 아름다운 정원이 있다. 국내에서 가장 오래 된 대형 정원이며 웁살라 대학에 부설된 대규모의 정원이다, 학생들의 실습을 위한 현장, 스웨덴 국내에서 가장 오래된 정원이자 식물원으로 1655년 카를 10세가 성 축조 작업을 진행하며 식물학, 약학, 환경학, 전공 학생들의 학습을 위해 조성되었다. 특히 식물학자 린네와 첼시우스 등의 과학자들이 대학교수로 활동하며 현대 과학의 기본을 만들었던 곳으로 의미가 깊다. 웁살라는 웁살라대학을 중심으로 의학연구가 발달했고 생명공학 분야에서 선도적 위치를 차지하고 있다. 린네가 교수로 부임한 후 그의 계획에 따라 1745년 먼저 재건을 거쳤으며 추가로 1787년 이후 구르타프 3세에게 할당받은 땅에 온실과 바로크 양식의 건물이 세워졌으며 지금의 규모를 갖추게 되었다. 현재 야외 정원과 온실에는 린네의 제자들이 전 세계를 다니면서 수집했던 1만 종 이상의 식물이 자라고 있다.

린네*가 식물 연구에 일생을 바쳤던 집과 정원을 돌아보았다. 대학 부설 식물원장의 집으로 만들어진 후 1743년 이후 약 35년간 식물학자 린네가 생의 마지막까지 거주하고 강의를 진행하며 식물 연구에 전념한 곳이다. 분류학의 아버지라는 별명을 갖고 있는 린네, 오늘날에도 린네 학회가 있으며 연구 활동이 이루어지고 있다.

* 린네(1707~1778)는 스웨덴의 생물학자로 『식물의 종』(Species Plantarum, 1753)에서 식물을 오늘날 '이명식 명명법(종과 속)'을 확립, 그 후 『자연의 체계』(Systema Naturae) 제 10판(1758-59)에서 동물에 관해서도 이명식 명명법을 확립했다. 사람을 호모 사피엔스라고 하는데 호모는 사람으로 속, 사피엔스는 지혜롭다 라는 종으로 분류하는 식이다. (출처-네이버 지식백과)

움살라 도시의 랜드 마크에서 열린 제88차 국제펜총회 오래 기억에 남을 듯하다. 한국에서는 제78차 국제펜총회가 경주에서 열렸다. 이후 해마다 세계한글작가대회를 열고 있으며 2022년 제8회 대회를 경주에서 11월 1일부터 4일까지 개최하였다. 움살라 총회에서 세계한글작가대회를 소개한 일 등 뜻 깊은 시간이었다.

Denmark

## 안데르센 동상 앞에서

다시 누군가가 발걸음을 이끌어 그 앞에 나를 놓았다.


그는 어린이들의 가슴에 꿈 씨 심었다

그가 심은 씨앗 싹 터 꿈나무 되었다

활자 속 꿈은 환상의 세계로 데려가

진정한 사랑의 상태가 온전히 펼쳐지는

실제 세상 되었다


그가 뿌린 씨가

동방의 귀퉁이 작은 나라에도 날아 왔다

그를 만나는 행복한 시간

신성한 의지에 내맡김 같이 그의 가슴에 안겼다

하도 많은 사람들이 앉고 안기고 해서

청동 무릎이 반들반들 윤이 났다

평생 독신으로 보냈던 그에게

세상이 무작정 달려가 안긴거다

진실한 사랑을 해본 사람은 결코 늙지 않는다는 것을

세상이 안 것이다

사랑앞에 세상이 안긴거다


매순간이 기적의 연속이듯

청동의 진동이 세상을 울리고

그가 심은 꿈들 꽃 피웠다.

그의 가슴 소리 듣고 가슴을 열어 진정한 지혜가 내 안에서

순수하고 순결한 사랑 에너지로

"동화 같은 순수한 감정을 꺼낼 일이 있을 것이다"

그의 품에 처음 안기고 30년이 지나서

청동의 가슴이 무언의 소통으로 전하는 이야기

코펜하겐을 끄집어내며 새삼 다시 만난다

## 동화책 같은, 바이킹과 안데르센의 나라 **코펜하겐**

발트 해의 관문을 지키는 상인의 항구라는 뜻을 가진 도시 코펜하겐은 1445년 덴마크의 수도이자 왕실 거주지가 되었다. 스칸디나비아에서 두 번째로 큰 도시로 셸란 섬과 아마게르 섬에 자리 잡고 있는 크고 작은 400여개의 섬으로 이루어진 바이킹의 나라에 크루즈 배를 타고 도착했다.

코펜하겐은 850년 동안 덴마크 국민들의 중심지로 지금까지 자리 잡고 있다. 스칸디나비아의 작은 나라 덴마크는 유틀란트반도의 발트해와 북해를 나누는 위치에 있다.

옛 부터 정치, 문화, 상업의 중심지였고 제2차 세계 대전 후에는 북유럽의 중심 도시로 성장했다. 예술을 중심으로 세계적으로 권위 있는 학회와 연구기관의 본부가 모여 있다. 현재는 덴마크의 수도로서 셸란 섬 동쪽에 위치한 서유럽과 북유럽을 이어주는 가교이자 출입구로 유럽의 북부와 중부를 잇는 철도와 선박의 중심지이다.

코펜하겐의 랜드마크인 니하운 운하 유람선을 탔다. 니하운 운하는 덴마크의 코펜하겐 항에 1673년 개통된 운하로 니하운은 '새로운 항구'라는 뜻이다. 운하 남쪽에는 18세기의 고풍스러운 건물들이 즐비하고 주변에는 레스토랑이 늘어서 있으며 예전의 선술집이 남아있다. 과거 선원들이 휴식을 즐기던 술집 거리였으나 현재는 아름다운 분위기를 연출하는 야외 테라스를 갖춘 세련된 레스토랑이 즐비한 거리가 됐다.

　니하운 항구 근처는 한때 안데르센이 살았던 곳으로도 알려져 있는데 그는 방세 때문에 세 번씩이나 부근으로 이사를 했다고 한다. 안데르센은 그는 자신의집 창밖으로 니하운을 내려다보는 것을 좋아했다. 집에서 내려다보이는 니하운의 물결과 배가 드나드는 풍경을 찬양하는 글을 남기기도 했다. 니하운은 큰 배들이 정박하는 항구였을 뿐만 아니라 더 넓은 세상을 향한 문이기도 했다. 안

데르센은 니하운 20번지 67번지 그리고 18번지에서 20년 넘게 살았다. 그는 자신이 좋아하는 왕립극장과 맞닿아 있는 니하운을 떠날 수 없었다.

운하 투어로 오가면서 둘러보는 본 코펜하겐 왕립 오페라 하우스는 헤닝 라센의 설계와 국내 최고 재벌 기업 AP 뮐러 재단의 후원을 받아 2005년에 지어졌다. 운하를 향해 날개를 펼치고 있는 것 같은 건물도 아름답지만, 내부에서 바라보는 운하의 풍경 역시 일품이다.

배는 코펜하겐의 명물이 있는 곳을 향했다. 인어공주 상이 있는 곳 근처까지도 유람선으로 가서 그곳을 찾은 관광객과 인어공주 상의 뒷모습까지 보고 왔다. 운하 투어 유람선 여행을 끝내고 니하운 운하를 벗어날 때 세계 제2차 대전 때 1700명이 넘게 희생된 해군 장병을 기념하는 메모리얼 앵커도 보았다.

아말리엔보르 궁전은 동절기 전용 궁전으로 네 개의 주 건물이 있다. 프레드릭 3세의 왕비 소피아 아말리에의 이름에서 붙여진 것이라고 한다. 중심부 광장에는 아말리엔보르 왕가의 선왕인 프레드릭 5세의 기마상이 세워져 있다. 정오에 궁전에서 근위병 교대식이 이루어지데 엄숙한 표정의 근위병 교대식을 볼 수 있었다. 그들은 두툼한 제복과 검은 털모자와 총을 들고 행진을 한다. 경복궁 정문의 교대식처럼 이곳도 관광객들이 즐비하게 서서 구경을 한다.

아말리엔보르 성의 정원은 1983년 세워졌으며 코펜하겐에서는 가장 현대적인 정원에 해당한다. 궁전과 항구를 사이에 두고 만들어져 있어 정원은 아름다운 경치를 한껏 더하는 역할을 한다. 정원의 건축은 코펜하겐 시민들에게 주는 선물과도 같았으며 이는 아놀드 피터 밀러 채스틴 맥크니 밀러 재단이 계획한 프로젝트였다. 크게 상하부로 이루어진 정원은 벨기에의 건축가인 진 델로근이 맡았다. 화강암으로 된 조각품과 중앙의 분수대가 잘 어우러져 있다. 분수대의 물방울이 무지개를 만들어내고 있다. 유달리 무지개를 많이 보았던 여행이었다. 분수 뒤로 아말리엔보르 궁

전과 푸른색의 둥근 돔 지붕의 프레데릭스 교회가 보인다. 프레드릭 교회는 로마의 성 베드로 성당을 모티브로 지은 것이라고 한다. 유람선에서 쉽게 보이고 눈에 띄는 청동색 돔형이 모양이 로마의 베드로 성당을 닮은 것도 같다.

티볼리 공원은 전 세계 놀이공원의 원조라고 한다. 1843년 게오르크 카스텐슨이 만든 세계 최초의 테마공원으로 북유럽에서 가장 유명한 놀이공원이라고 하며 해마다 3백만 명 이상이 이곳을 찾는다고 한다. 많은 소설가와 시인들이 이 공원을 사랑했는데, 특히 동화작가 안데르센은 자주 이 곳을 찾아 새로운 동화를 구상했다고 한다.

게피온 분수대와 성 알반스 교회, 덴마크의 코펜하겐 건국여신으로써 게피온을 기리는 분수다. 게피온은 북유럽 신화에 나오는 여신으로 스웨덴 왕인 길피에게 세상의 지혜를 알려주고 하룻밤 동안 땅을 개간하는 만큼 가져가도록 하였다, 게피온은 에시르 신족의 다산과 쟁기의 여신이다.

게피온은 거인과의 사이에서 낳은 자신의 아들 4명을 황소로 변신시켜 땅을 개간하여 받은 땅이다. 게피온의 쟁기는 땅을 뿌리째 뽑아버릴 정도로 강력했다. 황소들은 떨어져 나간 땅을 서쪽 바다로 이끌어 어느 곳에 정착시켰고, 여신은 그곳에 질란드라는 이름을 붙였다. 그렇게 덴마크의 가장 큰 섬, 질란드 섬(셸란 섬)이 탄생했고 땅이 떨어져나간 곳에 물이 차서 스웨덴의 멜라렌 호수가 생겼다고 한다. 오늘날 덴마크의 수도 코펜하겐이 속한 셸란 섬이다. 분수대 뒤에 있는 교회는 성 알반스 교회로 영국교회이다. 20대에 그 앞에서 찍은 사진을 찾아서 비교해보니 게비온 분수대만 그대로 인듯하다.

인어공주 동상은 코펜하겐의 상징이자 최고의 포토 포인트로 1913년 칼스버그 맥주 2대 회장의 의뢰로 조각가 에드바르트 에릭슨이 제작한 것으로 길이가 80cm에 불과한 작은 동상이지만 늘 많은 관광객들을 끌어들이는 코펜하겐의 상징이다. 20대에 그곳을 찾아와서 처음 보았을 때 인어공주 상 앞에서 작다는 생각을 했었다. 비록 작지만 그 존재감만으로도 안데르센을 떠올리며 찾게 되는 곳이다. 1989년에 〈인어공주(The Little Mermaid)〉는 안데르센의 동화를 원작으로 월트 디즈니사에서 애니메이션화한 작품이다. 인어공주가 물거품으로 변하며 슬프게 끝나는 원작과는 다른 결말, 뮤지컬을 보는 듯 한 다채로운 음악으로 사랑받았다. 다른 인어상들은 상반신은 아름다운 여인의 모습이고 하반신은 물고기 형상인데, 이 동상은 발목 가까이까지 사람의 형상을 지니고 있다. 이는 모델의 다리가 너무 예뻐서 비늘로 가리기에는 너무 아까워서 이런 작품이 완성되었다고 한다. 근처에 천사상이 있는데, 이 동상은 1차 대전 후 전쟁이 없는 세상을 희망하는 마음을 모아 건립한 것이라고 한다.

코펜하겐 시청사는 모든 건물의 높이 기준이자 만남의 광장이

다. 1905년 건축된 붉은 벽돌의 중세 르네상스 양식과 북 이탈리아 양식이 혼합된 중세풍의 건축물이다. 높이 106m의 탑에서는 코펜하겐 시가지가 보인다고 한다. 시청사에서 가장 볼만한 것은 옌스 올젠이 만든 천문시계로 세계 각국의 시각과 천체의 움직임을 보여준다고 한다. 시청사 정면 입구 문위에 있는 황금색 상은 코펜하겐의 창설자 압살롬 주교의 상이다. 시청 앞에 용과 황소의 분수가 웅장하게 서 있는데 성 조지가 사악한 용을 물리치는 내용이라고 하는데 유럽은 동양과 달리 용을 해석하고 있는 것 같았다.

시청사 광장에서 콩겐스니 광장에 이르는 길이 1.2㎞의 스트뢰에 라고 부르는 보행자 전용 거리를 걸었다. 덴마크 최고의 번화가로 세계에서 가장 오래된 거리 중 하나라고 한다. 도심에는 시청 광장이 있고, 이 광장에서부터 오래되고 구불구불한 상가들이 북동쪽으로 왕의 새 광장까지 뻗어 있다.

시청 앞 광장 옆에는 안데르센의 동상이 있다. 덴마크로부터 큰 사랑을 받았던 안데르센, 그의 죽음에 전 국민이 슬퍼했으며 그를 영원히 기리기 위해 코펜하겐 거리에 동상을 세웠다. 나도 덴마크의 이미지를 만드는데 결정적인 기여를 한 작가인 아동 문학의 아버지 한스 크리스티안 안데르센 동상에 안겨서 사진을 찍었다.

안데르센은 코펜하겐 근처 오덴세 출생했다. 소년 안데르센은 아버지로부터 시적 재능을, 할머니로부터 공상을, 어머니로부터 신앙심을 받으면서 성장하였다. 15세 때 배우가 되려고 무일푼으로 혼자 코펜하겐으로 갔으나 노력의 보람도 없이 목적을 이룰 수 없었다. 몇 번인가 절망의 늪에 빠졌지만, 당시 유망한 정치가이며 안데르센의 평생 은인인 요나스 콜린의 도움으로 슬라겔세와 헬싱고르의 문법학교에서 공부하고, 마침내 코펜하겐의 대학을 졸업하였다. 〈인어 공주〉〈백설공주와 일곱 난장이〉〈벌거숭이 임금님〉〈미운 오리새끼〉〈성냥팔이 소녀〉〈눈의 여왕〉 등 아름다운 환상 세계와 따스한 인간애의 수많은 걸작 동화를 남겼다. 평생을 독신으로 지내며 많은 부분의 생애를 해외여행으로 보냈다. 그가 가장 즐겨 체류하던 나라는 독일과 이탈리아였다. 1833년 이탈리아 여행의 인상과 체험을 바탕으로 29세의 나이에 창작한 자전적인 그의 첫 장편소설인 〈즉흥시인〉(1835)이 독일에서 호평을 받으면서 그의 이름이 유럽 전체에 퍼졌다. 같은 해에 내놓은 최초의 《동화집》은 동화작가로서의 생애의 출발점이 되었으며, 그 후 매년 크리스마스에는 《안데르센 동화집》이 크리스마스 트리와 함께 각 가정에서 기다리는 선물로 등장하게 되었다. 동화 창작은 1870년경까지 계속하여 모두 130편 이상에 달한다.

덴마크를 떠나오는 길에 동부 헬싱괴르 시에 있는 크론보르 성이 보인다. 바다 건너편이 스웨덴이기에 전략적으로 중요한 요충지에 있다. 성이 건설되기 시작한 것은 1574년 프레데릭 2세 때였고 르네상스 양식의 고성이다. 셰익스피어의 〈햄릿〉의 무대가 된 곳이기 때문에 관련된 전시실을 두었다. 햄릿이 아버지의 망령은 본 곳으로 설정된 망루와 햄릿 연극 때 사용되었던 의상을 포함한 각종 소품들을 전시하고 있다. 크론보르 성도 20대에 방문했다. 그곳은 2000년 유네스코 세계문화유산으로 지정되었다.

 북유럽의 입구라 불리는 셀란 섬 특유의 건물들이 도심곳곳에 남아있고 푸르스름하게 산화된 첨탑들이 눈길을 끈다. 항구에는 배들이 붐비고 자가용 요트와 카누경기를 쉽게 볼 수 있는 곳 덴마크의 수도 코펜하겐, 자연과 어우러진 도시로 현재 덴마크 왕실의 주거지인 아말리엔보그 궁전, 코펜하겐의 시청사와 광장, 코펜하겐 건국의 역사를 품고 있는 게피온 분수, 인어공주 동상 등 다양한 볼거리가 즐비한 그 곳을 다시 생각할 수 있어 고마웠다.

# 덴마크에서 가장 높은 하늘산이 있는 **실케보르**

덴마크에서 가장 높은 하늘산을 다녀왔다. 실케보르에서 스팀엔진의 증기 외륜선을 타고 한 시간 남짓 가는 뱃길을 선택했다. 안데르센이 덴마크에서 가장 아름답다고 말했다는 Round trips from Silkeborg 는 그의 말처럼 아름다웠다. 가는 뱃길에 모터보트가 자가용인 아름다운 집들을 구경하였다. 하늘산은 147m, 이름과는 달리 높지도 않은, 가장 높은 산이라고 하나 우리나라의 우람한 산들과는 비교가 되었다. 고사리와 야생 블루베리가 즐비한 중턱에서 싸가지고 간 한식 비빔밥으로 점심을 먹고 꼭대기 타워까지 올라갔다. 꼭대기에서 바라본 Julso호수의 풍광은 장관이었다.

덴마크는 유럽 대륙의 북쪽에서 북해와 발트 해를 가르며 스칸디나비아 반도를 향해 뻗은 유틀란트 반도와 주변에 406개의 섬으로 이루어진 나라이다. 예로부터 덴마크를 유틀란드와 나머지 지역으로 나눠지는데, 유럽대륙과 반도로 연결된 유틀란트 지역이 가장 크다.

실케보르(Silkeborg)는 덴마크 윌란 반도 중부에 위치한 도시로, 오르후스시(市)에서 서쪽으로 40km 떨어져 있다. 유틀란트 반도의 동부를 흐르는 구데노 강과 작은 랑쇠 호를 끼고 있는 작은 도시이며 휴양지이다. 주변에 낮은 구릉들과 삼림지역에 히스와 나무들이 우거져 경관이 아름답다. 1844년 코펜하겐에서 종이 제조업자 JCDrewsen 형제가 이곳에 대형 제지 공장을 세우면서 실케보르가 자리 잡기 시작했다. 구데노강의 풍부한 수량을 에너지원으로 확보하고 강을 이용한 수송, 울창한 숲에서 풍부한 원료가 조달되었다. 당시 실케보르 제지공장은 최신 기술과 매우 큰 현

대적인 공장으로 준공되어 이 지방 산업 생산의 중심지 역할을 했다. 제지공장 실케보르 Paprfabrik는 1990년 재정적으로 어려워져 1993년 독일 기업이 인수 했지만 결국 2000년에 문을 닫고 말았다. 문을 닫은 제지공장은 리모델링되어 호텔, 영화관, 콘서트홀과 레스토랑, 카페가 들어섰다. 실케보르에서 가장 훌륭한 래디슨블루 호텔은 제지공장을 개조해서 오픈한 것이다. 강변에 자리 잡은 문화센터 파피르파브리크는 제지공장이라는 뜻이다. 강물이 흘러오다가 공장앞에서 꺽이고 있어 흰 이빨을 드러낸 파도처럼 물살이 세차다. 가는 길에 햇살에 비친 물속에 수백만 마리의 치어들이 꼬물대는 모양을 한참동안 바라보았다. 그림처럼 아름다운 실케보르는 조용하고 평온하다. 우리나라에는 그리 많이 알려져 있지 않지만 그런 자연환경을 보기 위해서 찾아오는 사람들이 많다. 실케보르 시가 구데노 강변에 설치한 산책로는 길이가 자그마치 70Km에 이른다. 습지와 강변, 호수를 연결하는 경로를 기회가 된다면 걸어도 좋겠다는 생각을 해본다.

세계에서 가장 오랜 전통을 자랑하는 레저업체 패들 스티머 (Paddle stemer)가 운영하는 호수 투어가 슬루세키오스켄 건너편에서 출발한다. Hjejlen은 1861년에 만들어진 증기선으로 2011년에 150주년을 기념하기 위해서 여왕도 왔었다고 한다. 아이스크림 가게 앞에서 Hjejlen(야일른) 이라고 불리는 배를 탔다. 배들의 이름은 깃발에 펄럭이고 있는 7마리의 다른 종류 새들 이름

이다. 외륜증기선이 실케보르를 기점으로 호수에서 운행되고 있다. 증기선이 운행하기 시작한 것은 1861년 2월부터다. 현재 7척이 운행되고 있다. 내가 탄 배는 Tranen으로 1931년에 만들어진 배를 타고 실케보르에서 히멜비야까지 들어갔다.

덴마크에서 가장 아름다운 호수 풍경을 볼 수 있는 실케보르는 주거비용이 가장 비싼 지역이다. 배를 타고 들어가면서 호숫가에 위치한 아름다운 집들을 보았다. 상징적으로나 역사적으로 이곳은 덴마크 사람들에게 큰 의미를 갖는 곳인 레이크 디스트릭트에서 가장 큰 도시 실케보르는 북유럽의 서정이 깃든, 목가적인 풍경을 간직한 곳으로 호수와 나지막한 언덕과 넓은 습지가 있다. 또한 덴마크에서 가장 큰 숲을 볼 수 있는 곳이다. 아름다운 호수와 물에 비치는 스칸디나비아 풍광을 보는 시간은 행복하다. 여기 저기 적당한 크기의 호수와 완만한 산지를 갖고 있는 실케보르는 조용하고 한적하면서 평화롭고 여유로운 곳이다. Silkeborg Langso 호수가 시내를 남북으로 나눈다. 호숫가에는 즐비한 대형 주택, 보트들을 눈으로 감상하며 사라지는 것들과 과거와 현재가 공존하는 풍경을 카메라에 담았다.

# 힘멜비에르게트 전망대 (Himmelbjerg 타워)

히멜비야에 도착하여 정상을 향해 걸었다. 정상으로 올라가는 길 주변 숲은 너도밤나무가 울창하게 들어차 있다. 정상 주변은 호수 전망을 위해 높은 나무는 벌목하고 낮은 관목만 자란다. 즐비하게 자라고 있는 고사리를 보며 이것을 뜯어다가 말리면 좋겠다는 등 우리는 그런 농담을 하며 걸었다. 주변을 둘러싸고 있는 삼림지역을 비롯한 구릉들, 그리고 히스와 나무들이 우거져 있는 이곳은 덴마크에서 가장 아름답고 인기 있는 휴양지로 꼽힌다. 언덕 아래 호숫가에는 유람선과 보트를 탈 수 있는 승선장이 있다.

힘멜비에르게트 Himmelbjerget는 하늘산, 또는 천국의 산이라고도 하는데 전망대는 해발 147m로 덴마크에서 가장 높은 곳 중 하나로 1847년 까지 덴마크에서 가장 높은 곳으로 알고 있었으나 그 후에 건너편 모쇠호수 mollehoj가 170.86m로 제일 높은 곳으로 확인되었다. Julso 호수 수면에서 12m 높은 언덕 상단에 기념탑을 세웠다. 히멜비에르게트 타워는 1949년 6월 5일 덴마크 국민에게 자유 헌법을 선포한 국왕 프레데릭 7세를 기념하기 위하여 건립되었다. 탑을 올라가는 데는 DKK10 크로나의 입장료를 받고 있었다. 그 덕분에 좁은 계단에 많은 사람들이 붐비지 않았다. 둥글게 연결된 계단을 타고 올라가면 널찍한 전망대가 나온다. 사방으로 툭 튀어져 있어 시원한 바람을 맞으며 전망을 구경할 수 있다. 기념탑은 건축가 LP Fenger가 설계했다. 비문은 베어링 프리즈가 썼다. 왕의 초상화와 기념 화환을 포함하여 건축 당시 모습 그대로 남아있다. 유치원 아이들이 소풍을 왔다. 색색으로 입은 옷이 초록으로 칠해진 산을 꽃처럼 채색하고 다니고 있었다.

안데르센이 덴마크에서 가장 아름답다고 말했다는 Round trips-from Silkeborg 는 그의 말처럼 아름다웠다. 산으로는 유틀란트 중부의 호수를 끼고 가파르게 솟아 있는 힘멜비에르게트(Him-

melbjerget 147m)와 강으로는 힘멜비에르게트 근처에 흐르는 길이 158km의 구데노엔(Gudenoen)이란 강이 덴마크에서 가장 긴 여울로 이어져 있다고 한다. 산이 없고 강이 없는 땅이기에 덴마크 인들은 작고 아담한 동산인 힘멜비에르게트 정상에 있는 타워에 발 디딜 틈 없이 모여 들고, 많은 사람들이 구데노엔 시내에서 카누와 배를 타며 여름을 보낸다고 한다. 스카이마운틴이라는 이름을 갖은 이 언덕은 마지막 빙하기시대에 물의 침식작용으로 형성되었다. 마지막 빙하기 시대에 호수에서 얼음이 녹으면서 융기한 Himmelbjerget 언덕은 탁 트인 전망으로 호수 풍경과 멋진 자연 풍광을 볼 수 있어 감사하다.

  덴마크에서 마지막 저녁은 야외에서 그릴 음식과 피노누와 레드 와인을 곁들인 만찬의 시간도 잊을 수 없는 추억이다. 온전하게 휴식하고 맛난 음식 준비해준 고마운 친구와 보낸 멋지고 감사한, 살아가면서 받은 또 하나의 값진 선물을 이었다.

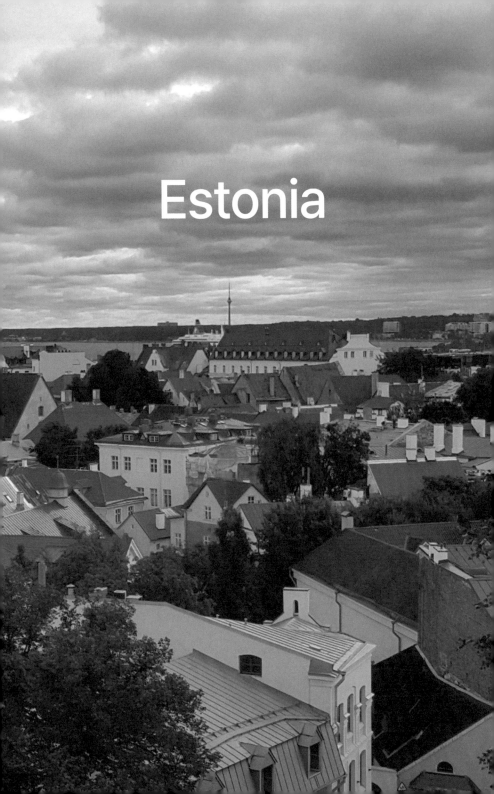

Estonia

# 톰페아 언덕에서

뾰쪽뾰쪽 솟아 있는 동화속의 첨탑들

붉은색 주황색 집들 누가 살까?

발틱해 드나들던 배들과

수많은 이야기들 숨어살지


반질반질 좁은 골목길 따라 걸으면

다양한 중세의 이야기가

발걸음에 달라붙는다

역사에 어울리는 집들이

이야기를 꺼내놓고

길들이 자리 내주며

주변과의 이야기 만들어낸다

시공을 걸쳐 내 발걸음도 머무는

성이자 요새인 언덕

중세의 한나절

# 발트해의 자존심 탈린

언젠가 꿈꾸던 그대로의 시간이 그곳에 있었고 나는 그것이 발효되어 가듯 그대로 내 안에 가두고 있다가 문득 꺼내고 싶어졌다.

이름도 풍경도 낯선 나라, 에스토니아는 북유럽에 있다. 발트 3국 중 최북단에 위치하고 있는 국가로 북쪽과 서쪽은 발트 해, 동쪽은 러시아, 남쪽은 라트비아와 접해 있으며 전체 국토가 평야 지대이다. 에스토니아의 수도인 탈린은 핀란드 만 남동해안에 접해 있으며, 에스토니아 중북부에 있다. 발트 해의 핀란드 만 연안에 있는 항만 도시이다.

탈린은 에스토니아어로 '덴마크인의 성'이라는 뜻이며 유럽에서 중세 도시건물들을 원형 그대로 가장 잘 보존된 곳이다. 탈린 구시가지는 고풍스런 분위기의 아름다운 곳으로 구시가지 전체가 1997년 유네스코 세계문화유산으로도 지정되었다.

1219년 덴마크 왕 발데마르 2세가 에스토니아인 들이 세운 성채에 성을 세우면서 도시의 역사가 시작되었다. 1285년 한자 동맹에 가입한 후로는 교역이 발달했다. 한자동맹은 독일이 자신들의 지배하에 있던 도시들을 상업상의 목적으로 결성한 동맹이다. 서유럽과 동유럽을 잇는 한자동맹 도시의 중심이었으며 교역의 중심지로서 융성하였다. 1710년 표트르 대제에게 점령되어 러시아의 영토가 되었다가 1918년 독립국 에스토니아의 수도가 되었다. 1940년 다시 소련에 합병되었고, 1941~44년에 독일군에게 점령되어 크게 파괴당했다. 그 후 에스토니아가 독립하면서 수도가 되었지만 2차대전 이후 또다시 소련에 점령되었고 소련의 해군 기지가 이 도시에 위치했다. 1991년 에스토니아가 소련으로부터의 독립 이후 수도로서 역할을 계속해오고 있다.

구시가지의 동남쪽으로는 신시가지가 위치하고 있으며, 동북쪽으로는 항구가 위치하고 있다.

탈린은 언덕 위의 도시와 해변 쪽의 다운타운으로 구성되어 있다. 두 구역 사이에는 높고 기다란 성벽이 있고, 사이에 좁은 골목이 나 있다. 톰페아 지역은 통치와 권력을 상징하는 왕족들과 귀족, 교회의 영역이다. 요새처럼 견고한 톰페아 성벽은 13세기 초부터 만들어지기 시작했다. 여덟개의 출입문과 35개의 탑이 있어 적들의 침입과 무역선들의 왕래를 점검했다고 한다.

북유럽 최고의 요새 도시라는 탈린은 탑의 숲으로 망루가 46개가 있었으나 지금은 26개가 남아 있다. 북유럽 최고의 성벽도시라는 명성이 결코 과장이 아니었음을 알 수 있다. 성의 가장 높은 탑이 '헤르만 타워'인데 헤르만은 '무사'를 뜻하는 중세영웅 '헤르만'에서 따왔다고 한다.

구시가 지역은 크게 서쪽의 톰페아 언덕과 동쪽의 저지대로 나눌 수 있는데, 알렉산드르 네프스키 성당과 톰 교회, 톰페아 성인 에스토니아 국회가 톰페아 언덕에 위치해 있다.

　톰페아 언덕 비탈길 끝에 독특한 반구형 돔의 러시아 정교회가 보인다. 러시아 제국이 발트3국을 통치하던 1900년에 세운 알렉산드르 넵스키 교회이다. 러시아 대공 넵스키는 로마 가톨릭으로부터 러시아 정교회를 지킨 러시아 수호성인이다. 돔 위에 정교회 특유의 십자가를 세웠다. 정교회는 카톨릭과 달리 성상을 배척하는 대신 성화를 만들어 모신다.

　넵스키 교회 앞쪽에서 북쪽길 톰 콜리가로 들어섰다. 오른쪽 건물은 음악과 무대 예술을 가르치는 에스토니아 음악연극아카데미이다. 벽에 붙어있는 상은 에스토니아 연극 연출가 배우 평론가 교육자였던 볼데마르 판소 (1920- 1977)의 부조상이 있다. 그는 1941년 이 학교를 졸업하고 모스크바에서 연극을 공부한 뒤 돌아와 탈린 드라마센터에서 활동한 에스토니아 현대 연극의 선구자이다. 길가에 있는 붙어있는 부조상이 참 재미있다.

 골목을 걷는 재미가 쏠쏠했던 곳이다. 탈린 시내를 한눈에 볼 수 있는 코투오차 전망대에 올랐다. 톰페아에서 아래 구시가지 저지대와 도시 전경, 항구를 내다보는 곳으로 도시전체를 바라본 그 광경은 오랜 시간이 지나도 눈앞에 아른거린다. 구시가지 너머의 짙푸른 탈린만과 피리타지역의 반도가 보이고 구시가지 어디에서나 보이는 올라프 교회의 첨탑이 탈린으로 들어오는 배들의 이정표 역할을 하였다. 눈이 많은 지역이라 뾰쪽 지붕의 건물들을 많이 볼 수 있다. 주황과 빨강 빛깔의 지붕들이 마치 동화속의 나라 같다.

탈린의 오랜 역사를 말해주는 유적이 톰페아 구릉과 성벽에 둘러 싸인 옛 하부 시가지에 복원되거나 방치된 채 많이 남아 있다. 13세기의 톰 교회, 고딕 양식의 올레비스테 교회와 니굴리스테 교회, 1410년에 세워진 길드 대청사, 14세기의 라투스, 옛 성의 상당 부분 등이 그 예이다.

동쪽 저지대에는 라에코야 광장과 올레비스테 교회가 위치해 있다. 탈린의 상징인 올라프.올레비스테 교회는 세계 최고의 높이 159 미터로 16세기 유럽에서 가장 높은 건물이었다. 성 교회는 침례교회 예배당으로 쓰이고 있으며 현재 124 미터의 교회 첨탑은 탈린 어디에서나 눈에 띄는 랜드 마크이다.

인류는 건강을 위해 약재 재료와 재조방법을 발전시켜왔다. 그리고 현존하는 약국 중에서 유럽에서 가장 오래된 약국이 이곳에 있다. 이 약국은 1422년에 개업했다. 약국에는 의약품은 물론 와인, 옷감, 종이, 화공약품, 왁스, 향료, 과자, 보석도 팔고 있다. 생필품도 함께 팔았던 중세 약국의 기능을 그대로 간직하고 있는 셈이다. 재미있게도 술을 팔고, 술 깨는 약도 함께 팔았다고 한다. 동양한의학의 약재들처럼 동양과 서양이 크게 다르지 않다는 생각을 했다. 마법의 힘을 가진 약재, 향신료, 과일주, 계피, 그리고 사랑의 아픔을 완화하고 마음을 위로하는 마법의 약도 있다고 믿어본다.

오래된 전설과 이야기를 찾아가는 여행길에서 만난 탈린 구시가지로 들어가는 비루게이트는 14세기 중세성의 원형을 그대로 보존하고 있다. 에스토니아 인들은 모든 사물에 신령이 깃들어 있다고 믿었다. 이런 민간신앙을 '타라'라고 한다. 중세 시공간을 느껴보는 시간 얼굴없는 수도사 유령이야기 등 과거로 돌아간 느낌이다. 지금도 중세의 전통 복장을 한 상인들과 시민들이 거래를 하고 서로 대화를 나누고 있기도 한다. 가장 아름답다던 유럽 동업자인 길드 건물들이 있으며 대 길드로 길드 조직의 핵심이었다. 장인과 상인의 결합체로서 카타리나 길드는 수공업 은세공 도자기 염색 공예들이 아직도 운영되고 있다.

1980년대만 해도 러시아인이 에스토니아인보다 많았고, 지금도 탈린은 러시아인이 많이 사는 곳으로 인구의 40%가 러시아인인데 라스나매에 같은 지역은 여전히 러시아인이 에스토니아인보다 많다. 러시아인들이 많이 거주하고 있어서 탈린시내에서는 러시아어와 에스토니아어가 함께 쓰이고 있고 러시아어와 에스토니아어를 할 줄 아는 사람들도 많이 있다.

핀란드의 수도인 헬싱키에서 발트해를 두고 해로로 겨우 80킬로미터 떨어져 있어 매우 가깝다. 쾌속선으로 약 2시간 정도면 닿는 거리라 헬싱키 사람들은 주말에 탈린에 와서 음주나 외식을 즐기기도 한다.

워낙 거리가 가깝고 교류가 많기 때문에 탈린과 헬싱키를 잇는 해저터널 건설이 추진되고 있다. 2030년 개통을 목표로 추진되는 이 해저 터널은 전체 길이는 100km, 해저 구간은 50km에 달하는 철도 전용 터널로 건설이 추진된다.

탈린은 1991년 8월 20일, 구소련 연방이 무너지고 독립을 되찾을 때까지 끊임없는 침략과 식민 지배를 받아 왔다. 그러한 역사 속에서도 옛 건물을 복원하면서 고유한 전통과 문화를 포기하지 않았다. 그 결과로 탈린의 옛 도시 전체가 다 유네스코 세계문화유산으로 지정이 되어 있어 많은 관광객들이 찾는 도시이다. 우리나라에서도 점점 관광 인지도가 높아지고 유명해 지며 숨겨진 관광 명소로 소개되고 있고 탈린을 방문하는 한국인 관광객들의 수가 늘어나고 있다. 주로 인근의 상트페테르부르크, 헬싱키를 함께 여행하는 코스가 대중적이다. 특히 헬싱키와는 선박으로 오갈 수 있어서 더욱 그렇다. 고풍스러운 탈린 구시가지에 좋아하는 관광객들이 많다. 옛 소련 시절에 1980 모스크바 올림픽의 요트 종목이 탈린에서 열렸던 올림픽 분산개최 도시이기도 하다.

현재 탈린은 상업 및 어업 항구이며, 공업 중심지이다. 조선업

과 기계제작업을 중심으로 여러 분야에 걸친 기계공업이 이루어지고 있으며, 다양한 소비재가 생산되고 있다. 에스토니아의 문화 중심지로서 과학 아카데미, 종합기술대학, 미술대학, 사범대학, 음악학교 등이 있으며, 극장과 박물관도 있다. 작은 나라지만 IT 강국으로 세계 최초로 국회가 전자 투표를 도입했다. 스카이프라는 세계적인 인터넷 본사가 탈린에 있다.

첨탑의 도시 탈린은 붉은색 지붕을 가진 도시이다. 구시가지 광장에서 첨탑 5개를 볼 수 있다. 문화와 자연을 조화롭게 꾸려가는 지혜롭고 강인한 사람들이 살아가는 탈린, 중세 광장, 시청광장, 그곳 구시가지 광장의 노천카페에 앉아 카푸치노 한잔을 마시며 중세와의 교감을 시도했다.

발트3국 발트해의 자존심 에스토니아, 전통 악기 백파이프에 노래의 날개를 달고 중세의 향기를 맡아본다. 상점들을 돌아다니다 보라색 모자하나를 사가지고 왔다. 모자를 볼 때 마다 마법 속에 잠시 머물렀던 것 같다는 생각도 든다.

# Asia

Butan

## 부탄에서

보리수 가지에 새 되어 앉아

첫눈 올 때까지 기다리며

너를 만나고 싶었다


황토빛으로 팔랑대는

사랑 이파리 보리수 나뭇잎

네가 하늘 덮은 줄 알았다


한 줄로 서서 모내기 하는

그리운 풍경 속으로 들어가려

진흙탕 논두렁길 길었다


첫눈 오는 날은 공휴일 되는

낭만적인 나라 부탄에서

너를 만나고 싶었다

# 탁상꼼파

3140m까지 올라가는 일이
하늘에 닿는 첫 걸음이다


기도가 하늘에 닿았을까!


지상에서 가장 높은 곳에 자리한
호랑이타고 올라 큰 깨달음에 이른
파드마샴바바가 수행하던 호랑이 사원


인간이 신에 이르기 위해
하늘과 가장 가까이 신전 짓고 기도한다


이끼들 나무 되어 공생으로 꽃피우고
난리구라스가 네팔에서 멀지 않음을 상기시키듯
히말라야 설산의 기억이
가슴에 빨간 불 지피고 있다


긴 폭포에 세상 때 씻고 다시 오르면
부탄의 그 사원에 이른다

# 바람이 읽은 경전

바람이 읽은 경전이

내 평생 읽은 글귀보다 많으리라

룽다에 빼곡히 적힌 말씀 전하는

바람의 소리 듣는다


탁상꼼빠* 가는 길의 물레방앗간

물이 읽는 경전도 쉼 없다


말씀 전하는 바람도 쉬어 가라

작은 의식으로 향에 불 붙인다


내 안에 들어온 바람이

법문을 시작한다

고요함에 이는 바람

나는 바람이다


*탁상꼼빠
  3140m 높이에 있는 부탄의 사원

# 국민행복지수 1위의 나라 **부탄**에서 깨달은 것

"욕심내지 않는다 소박하다"

2년 전에, 세상에서 가장 행복한 나라 부탄을 부탄-한국 수교 30주년 기념으로 다녀온 것은 행운이었다.

부탄은 아시아 서남부 히말라야산맥 동부에 있는 부탄왕국이다. 인도와 북쪽의 히말라야산맥을 경계로 티베트자치구 사이에 위치한다. 부탄으로 들어가는 항공기는 모두 부탄의 비행기를 이용해야 한다. 이는 부탄의 국제 공항인 파로공항이 작고 협곡 사이로 착륙해야 하는 어려움이 있는 이유도 있다. 드룩에어, 드룩은 용이란 뜻이었다. 용 구름 사이로 얼굴을 내미는 히말랴야 설산을 카메라를 담고 계곡 사이를 곡예비행하듯 파로공항에 도착했다.

부탄의 국기는 대각선을 따라 날개없는 커다란 용이 다리로 보석을 잡고 있는 그림으로 되어 있다. 보석은 '부'를 의미하고 있으며 용은 순수이자 부탄 자체를 상징한다. 부탄이라는 국명도 '용의 나라' 라는 뜻이다. 하얀색은 충성과 순결에 대한 예찬을, 노란색은 세속 군주를, 주황색은 불교를 의미한다.

부탄은 사계절이 있으며, 지역에 따라 열대기후, 온대기후, 고산기후 등이 다르게 나타난다. 수도는 팀푸이며 종족은 부차족, 네팔족, 티베트족, ·몽골족 등이 있다. 언어는 쫑카어와 네팔어가 통용되며, 기후는 네 계절이 구분되는 온대성 기후이며, 공화제를 체택한 왕국이다.

여러 개의 종(Dzong)이 있다. 종은 성이면서 행정부 역할도 겸하는데, 지금도 공무원들이 상주하며 그 기능을 유지하고 있다.

탁상꼼파를 올라갈 때 말을 타고 가는 방법이 있었다. 나는 아담한 크기의 흰색 말이 나와 호흡을 같이 하게 되었는데, 산에 말을 타고 갈 수 있다는 사실이 믿기지 않았다. 하지만 말과 하나 되어 중간에 있는 카페테리아까지 어렵지 않게 올라갔다. 그곳에서 점심과 차를 마시면 숨고르기를 했다.

탁상꼼파(3,140m)는 아득한 절벽에 사원을 세워 놓은 것으로 파드마삼바바 (구루 린포체)가 암호랑이를 타고서 불교를 전했다는 곳이다. 탁상이란 부탄어로 호랑이 웅크리 곳의 뜻이고 꼼파는 절이란 의미다. 파드마 삼바바는 읽은 적이 있는데, 다소 익숙한 [티벳 사자의 서]를 지은 것으로 알려져 있다. 티벳불교는 밀교의 형태로 심오한 경지는 외부에서 들여다 보아서는 알 수 없다는 비밀교의 뜻이다.

사원 아래에는 폭포가 있고 사원 안으로 들어갈 때는 배낭과 카메라를 맡기고 들어갔다. 안으로 들어가 사원을 돌며 이어져 온 삶

의 깊은 감동의 시간을 보냈다.

히말라야 깊숙한 계곡에 세상 사람들과 문명으로부터 격리된 아름다운 마을과 잘 알려지지 않은 계곡이 많다. 특별한 갈등도 없고 사람 수도 적으며 전통을 따르고, 불법을 믿는다. 그 어디가 되든지 샹그릴라라고 부르기에 부족함이 없다.

자연 속 하늘과 땅 사이에서 호흡할 수 있는 곳이 바로 부탄여행인 듯하다. 부탄여행의 입국 허가를 받은 외국인들은 부탄이 자랑하는 문화유산인 죵과 사원의 방문이 허용됐지만, 전에는 파로와팀부에 국한했으며 이제는 개방지역이 서서히 확대되는 것 같다.

하늘과 땅이 만나는 곳, 히말라야산맥이 이어져있는 부탄평지가거의없이 높은 산으로 이뤄져있는 부탄은 사실 척박하나 그들이 느끼는 행복은 세계 제일이다. 부탄 사람이 행복한 이유는 무엇일까?

부탄 사람들은 혼자서 잘 살려고 하는 것은 어리석은 생각이라는 것을 어려서부터 잘 깨달아 어른이 되어서도 욕심내지 않고 소박하게 살아가는 것이 아닐까 생각된다.

부탄 사람들은 현실에 충실하며 가진 것에 만족하는 삶에서 우리가 느끼지 못하는 행복 속에서 살고 있다. 하늘이 내려 준 자연을 지키며 조화를 이루고 만들어 내는 평범한 삶 속에서 행복을 만끽하며 살고 있다. 풍족함 속에서도 느끼지 못하는 행복을 자연 그대로에서 자연스럽게 누리며 사는 부탄의 모습에서 또 다른 여행의 의미를 찾게 된다.

Nepal

# 히말라야

세계의 중심

그 위를 날아올라 일출의 장관을 본다

하늘 아래 제일의 산맥들이 솟아 일구어낸

지구의 지붕

춤추는 산맥 위로 떠오른 태양 아래

구름을 감고 앉은 용의 모습

범인들이 볼 수 있는 경지는 아니라니

체념하고 떠나는 그 순간

찬란하게 제 모습을 드러내는

찰나 같은 영원의 순간!

다 버리고 체념할 때 드러내는 삶의 순수

가슴 밑바닥까지 진실할 때

사랑은 오롯이 모습을 드러내듯

그렇게 펼쳐진 웅대한 당신의 위용

눈감으면 일어나는 설산의 장엄함

가슴에 우뚝 솟은 산 하나 심었다

어디에서도 다시 솟는 내 희망

히말라야

# 안나푸르나

하늘로 솟은 거대한 심연

티베트 고원과 인도 대륙 사이

웅장하게 펼쳐진 세계의 지붕

하늘 아래 가장 높은 산꼭대기 웅비한 그곳

네팔 히말라야


곡식과 풍요의 힌두 여신

이름처럼 아름다운

좁고 깊은 안나푸르나 계곡에

시도 때도 없이 안개 불러와

보일 듯 말 듯 여행객 유혹하는

모진 시련 안고

세속의 미련마저 놓아버리니

다 벗고 말간 얼굴로 맞이한다


히말라야의 심장

아름다운 여신의 자태로 선 안나푸르나

그 아래 섰다

안나푸르나 베이스캠프에

말갛게 벗은 내가 있다

# 히말라야의 심장이라는 그곳을 향해 걷고 또 걸었다 **안나푸르나**

곡식과 풍요의 힌두 여신이 손짓하는 대로 그녀의 품에 안기기까지 들숨 날숨의 숨 쉼 하나에도 정갈해야 했다. 발걸음 한걸음에도 서두른 기색 없어야 했다.

극한 상황은 인간의 본질을 드러내게 되는데 두려움으로 으르렁대는 신경전들에 상처받은 내 영혼은 흰 핏자국이 연기가 날고 있었다. 지친 육신은 아무런 대응도 못하고 한숨과 눈물만 흐르고 아침이면 태양은 밝게 빛나고 웃고 있지만 오후가 되면서 안개를 불러와 요사스런 행보로 홀려댄다.

푼힐 전망대는 3193m라 고산과 추위에 조심하라고. 일출을 보기 위해 떠나는 새벽, 춥다고 입을 수 있는 것은 다 입어야 하는 줄 알고 나갔다가 이어지는 계단길에서는 몹시 더웠다.

새벽안개는 심술궂게 아침태양과 대치를 하고 있어 윙크하듯 나타난 붉은 햇살의 일출에 만족해야만 했다. 그 상태로 갈 수가 없었다. 내려가지 않고 오랜 시간 안개와 타르초와 어우러져서 기다리니 그때서야 하나하나 봉우리들을 꺼내며 히말라야의 내면을 드러낸다. 그 속에 우리가 가까이 다가가야 할 안나푸르나도 있었다.

걷고 또 걷는다.

난리구라스 군락지를 내려올 때는 우박을 뿌려대며 장난을 건다. 동글동글 얼음 알갱이들이 쪼르르 굴러다니며 내리막길엔 썰

매 길을 만든다. 예정했던 움막에는 트래커들로 꽉꽉 들어차 다음 움막으로 가게 되었다. 쥐굴이라 명명한 그곳에서 젖은 옷과 양말을 말리고, 화덕에서 구운 소박한 빵 하나에 행복해했다.

구름을 걷어낸 밤하늘에는 빼곡하게 별들을 박아두었다. 영롱하게 빛나는 별들이 내 손에 잡힐 듯 다가와 가슴이 열리는 시간이다. 그 와중에도 멀리서는 천둥소리가 하늘을 쩌렁 쩌렁 울려댄다. 데우랄리 근처에서 헬기로 7명을 싣고 내려갔다는 소문들로 수군대고 셀파들도 그녀 품에 안기는 것은 하늘의 일이며 장담할 수는 없다고 한다.

쥐굴에서 비닐을 깔고 여러 겹으로 무장하여 바스락거리며 잔 듯만 듯, 하지만 자연이 내린 아침은 찬란하였다. 산 정상은 흰 눈을 모자인양 늠름하게 눌러쓰고 채소들은 싱싱하게 물기를 머금고 아침햇살에 빛난다. 찬란한 아침이다. 암탉은 아기병아리들을 마당에 풀어놓고 한가롭다. 옆집 아가도 일어나 하품하고, 농부는 소를 풀어 놓고 산으로 올려 보내고 있다. 한가로운 전원생활 속에 불쑥 끼어들어온 이방인은, 자연이 주신 장엄한 선물에 행복했다.

안나푸르나 그녀를 찾아가는 길은 멀었다. 그렇기에 내 안의 찌꺼기들도 하나하나 꺼내어 들추어 만지고 버리고 던지고 할 수 있었다. 나 자신과 가장 많이 대화하고 생각하며 변덕스런 자신을 발견하고 미워도 하고 또 보듬고 사랑한 시간들이다.

데우랄리 mbc구간은 죽음 같은 계단이 있다고 했던가! 이미 뿌옇

게 변한 길은 안개가 점령하고 있었고 포터는 저 앞에 가버리고 각자의 보폭대로 띄엄띄엄 보일락 말락 혼자 걷는 길이다. 눈사태가 만들어낸 길을 걷는다. 잘못 밟으면 푹푹 꺼지며 나락으로 떨어질 것 같은 죽음 같은 길, 뭉글뭉글 산사태의 흔적은 또 어떤가? 내면에 공포를 자아내기에 충분한 그길 그래서 일명 악마의 계단길, 죽음의 계곡길이라 칭하였는지를 알 것도 같다. 눈 속에 묻힌 계단의 흔적은 거의 없어 오히려 감사한 길이다. 그냥 눈길을 걷는 것이다.

롯지까지 짐을 운반하는 그곳의 포터들을 간간이 만난다. 다음 롯지까지 남아있는 길은 제 각각이다. 자신의 상태대로 삼십 분도 되고 한 시간도 되는 들쑥날쑥한 계산법이다. 철저하게 고독해지고 혼자 걷는 길이다. 가끔 안개를 걷어 설산을 보는 환희의 즐거움을 주는 시간마저 없었다면 그녀 품으로 걸어가는 트래커들이 그리 많지는 않았을 것인데, 신은 우리에서 각양각색의 스릴 넘치는 상황을 인생길에 숨겨두고 삶을 지치지 않게 계획하고 계시듯이, 그녀는 그것마저도 배려라며 스릴 넘치게 코스에 넣어 두었다.

밤의 그림자는 산 아래까지 깔리고 알 수 없는 눈길을 걷고 또 걷다가 두 갈래의 길이 나왔다. 앞서 계단을 올라간 언니가 함성 소리에 다른 생각도 없이 반쯤 눈 녹은 그 계단을 어기적어기적 다 올라가는데 길이 없으니 다시 내려가라 한다. 덕분에 맨 나중에 오던 아장아장이 잽싸게 눈 위에 화살표들이 그려져 있는 다른 길로 향한다. 걸으면서 표식들을 본다. 눈 속에서 발전기가 돌아가는 것을 보니 그 위도 롯지의 하나인 듯하다. 한참을 걷고 걸으니 포터가 가방을 받으려 내려온다. 내 가방은 벗어 주려 하지 않고 어깨가 아프다던 '안나 언니가방' 하는데 Y샘 그리고 대장 가방이 포터에게 던져지듯 먼저 전해지고 포터가 받아 메고 간다. 뒤이어 다른 포터들이 배낭을 하나씩 둘러메고 떠난다. 허우대가 멀쩡한 대장도 포터도 내 가방은 뒷전이다. 내가 울어야 젖을 주는 것을 끝까지 메

고 있다가 내 감정은 폭발하고 잠식당했다. 나 이외에는 아무런 것도 남아 있지 않은, 다른 약한 사람들에 대한 배려나 이타적인 모습은 사라지고 없는 동물적 본능에 빠진 그들을 본다.

힘든 상태로 도착한 마차푸차르 베이스캠프, 모두가 가진 한계점에 다다른 것들이 하나 둘씩 폭발하고 그날 밤 돌이킬 수 없는 결정을 하여 아~ 하며 후회를 남기게 되었다. 원래는 abc에서 하루 이틀을 그곳에서 보내다 오려 했건만 그냥 점만 찍고 오게 되었다.

눈 속에 푹 파묻힌 mbc 롯지, 마차푸차르가 거대하게 앞에 서 있고 안나푸르나가 배시시 웃고 있는 듯 한 그곳에 별빛들이 소근거리며 내려와 앉는다. 다 그런 거라고, 삶도 여행도 툭툭 털어버리면 별거 아니라고. 3700미터 고도다. 움직임이 많거나 숨 쉼이 잦아도 고산은 머리를 파고들 준비를 하고 있는 듯하다. 릴렉스, 최대한 나를 자유롭게 두려 했다. 미움도 원망도 사랑도 다 놓아두고 공의 상태 텅 빈 그 상태로 족했다. 그렇다고 저녁까지 굶은 것은 또 무엇인가?

어젯밤 무슨 일이 있었냐는 듯 하늘은 구름 한 점 없이 말간 얼굴로 깨끗하다. 몸 상태가 좋지 않아 abc에서 자고 가고프다고 언니와 같이 이야기 하였으나 abc는 사천 미터가 넘으니 몸 상태가 더 나빠질 거란다. 포터들은 짐을 아래에 두고 몸만 다녀온다고 벌써부터 신이 있으니 산통을 깨기에는 역부족이다.

최대한 느릿느릿 메고 다니던 가방도 다 줘 버리고 물병만 달고 느릿느릿 4130m 고지의 안나푸르나 베이스캠프로 향한다.

안나푸르나, 몇 날을 걸쳐 달려온 그녀가 있는 곳

그랬다. 그녀는 이미 우리의 속살까지 다 벗겨 보았다는 나름의 계산으로 더 이상의 숨바꼭질 같은 요염을 떨지 않고 다 벗고 우리를 품에 안았다. 한나절을 태양과 눈을 품은 그녀 품에서 아무런 미련도 없을 만큼 사랑하고 감사하고 품속에서 놀았다. 그녀는 환한 미소와 사랑으로 품어 안고 환영해 주었다.

감사하다 안나푸르나. 시련의 길을 깔아놓아 벗을 때까지 벗

고 다 버리고 오라던 그녀 앞에 안긴다. abc, 안나푸르나 베이스 캠프에서 맞이하는 오찬은 행복했다. 햇살이 깔아놓은 식탁은 찬란했다. 까마귀들이 무리로 날며 군무를 펼친다. 나는 이곳에 무엇을 남기려 한 것도 아닌데 큰 것을 시원하게 다 부려놓고 갈 수 있게도 되었다. 빨간 구명 헬기가 나타나니 모두가 바람이 되어 그 앞에 머문다. 내 카메라는 오랜만에 신이 나서 대포 소리를 내며 날뛴다. 만찬에 이어 태양명상 그리고 주위를 둘러보며 먼저 가신 산악인들에 대해 묵념도 올리고, 안나푸르나 그녀 품 안에서 재롱을 떨 듯 즐겁게 놀았다.

　햇살이 강하니 안나푸르나 정상의 설산이 녹아 수증기가 구름을 만들어 올리는 것을 볼 수 있었다. 데우랄리까지 가려면 떠나야 했다. 오후에는 어김없이 몰려오는 구름을 몸으로 익혀 온지라 다시 온다는 기약도 없는 이별을 해야만 했다. 떠날 때의 아쉬움은 나만이 아닌 듯 계곡 사이에 그녀의 수증기 눈물이 고인다.

လောကမဏိစုဠာစေတီတော်

LOKAMANI CULA PAGODA

၁၃၅၈

1996

# 룸비니 부처님 나신 곳

지는 노을에 만난 대성석가사

대웅전은 웅장하건만 짓다가 멈추어 있구나

기다리신 듯 커다란 탱화 앞에 앉으신 소박한 부처님

인사드리고 명상 시간

모기떼와 낯선 한식의 저녁 공양


순례하듯 찾은 각국의 절들

수련 벙그렇게 웃는 사진 속의 하얀 사원 찾아가는

릭샤위에서 가보지 못한 아프리카 푸른 초원 느낀다

성지화된 부처님 탄생지 다다르니

나들이 온 각국의 순례자들

보리수 아래 수행하던 부처를 그리듯

커다란 나무 아래 타르초가 운동회 만국기처럼 펄럭인다

생명줄 다하면 새 옷 다시 입으며 고리를 엮어가는 윤회

이생에 어떤 끈 잡고 이곳에 앉았는가

몇천 년 전 붉은 벽돌 위 맨발로 걸으며

이 삶에 무엇 찾아 여기 왔는가


그들같이 앉아서 명상

인연의 끈이 얽힌 타르초의 화사한 속삭임

자비함 사랑

빛으로 남으라


스쳐 지나간 인연만큼 수많은 초가 태워지는 강가 축제장

초들이 타며 사라지는 인연 고리들

겁을 태운 나를 만나는 시간

바람이 분다 고요함의 중심에 이는 바람

나는 자유로운 바람이 된다

룸비니는 석가모니가 된 샤카 왕자인 싯다르타 고타마가 태어난 곳이다. 1986년에 2,200년 전 아소카 황제의 기념 기둥이 발견됨으로써 가장 중요한 불교 유적지로 인정을 받게 되었다.

룸비니의 대표적인 유적으로 마야데비 사원이 있다. 사원 앞에는 마야부인이 출산 전 목욕을 한 곳이며 부처님을 출산하고 처음으로 씻긴 곳이라고 전해지는 구룡 연못이 있다.

룸비니는 네팔의 남서부에 위치하고 있으며 인도국경에서 약

20km 떨어진 곳에 위치하고 있다. 포카라에서 육로로 연결된 길을 따라 룸비니까지 가는 길은 아름답고 또 도로는 험난했다. 날씨가 여름 날씨로 바뀌는 사계절을 느낄 수 있었다. 가는 길에 길가에 늘어서 소들을 보며 신기해하며 대성석가사를 찾아가서 머물렀다.

불교성지인 룸비니에는 한국의 대성석가사를 비롯해 인도, 태국, 중국 등 아시아 국가의 불교사원과 독일의 불교사원 등 여러 나라의 불교사원이 건립되어 순례자를 맞이하고 있었다.

힌두교는 인더스 강 유역에 형성된 인더스 문명의 영향으로 수천 년에 걸쳐 이어온 인도인의 생활방식 풍습 및 다양한 신앙형태에 바탕을 둔 인도문화의 종교이다. 힌두교는 윤회와 업 사상 그리고 토착신앙과 브라만이 어우러진 종교로 인도를 정복한 아리아인이 만든 카스트제도의 모든 것들이 틀 안에 있었다. 그 외에 크샤트리아, 바이샤, 그리고 수드라 힌두교 베다경전을 읽어서도 안 되는 불가촉천민이 있는 계급사회였다. 힌두교와 카스트제도의 경직성에 대항하여 불교가 일어났다고 볼 수 있다. 한편 마하트마 간디는 인도인의 차별을 없애기 위해 평생을 투쟁했다.

세상에서 이루고 싶은 변화의 주체는 바로 자신이어야 한다.
– 마하트마 간디

종교가 달라도 그곳에 와서 만나는 행복한 시간은 물질세계의 굴

레에서 벗어나 진리의 깨달음을 찾은 인류의 스승인 코타마 시타르타의 탄생장소여서 더 그랬을 것이다. 룸비니 동산에서 태어나 29살에 출가한 그는 보리수나무 아래에서 명상으로 미혹의 어둠에서 벗어나 인류의 위대한 여정으로 영원한 진리에 대한 바퀴를 굴렸다. 욕망과 혼란으로 부터 벗어나 윤회로 부터의 해방을 이루었다. 요가의 진리를 얻기 위한 명상으로 지식을 나르는 탄트라를 행하였다.

최근의 사진으로 본 대성석가사는 완공이 되어 있어 반가웠다. 기둥 뒤에 앉아서 명상하던 노랑 머리의 청년들은 아직도 그곳을 찾는지도 궁금하다. 다시 찾게 된다면 또 어떤 모습일는지.

# 제3의 눈

이 삶의 여정에서 너를 만나니

그냥 좋았다

대형 스투파를 카메라에 담기만 하면 돼 했는데

하늘이 조화를 부려

파란 물감 풀어 두고

구름 장식하니

눈치 빠르게 나를 읽는 것이

제3의 눈이로다


영혼을 잡아둔 눈

내 영혼은 잡힌 듯 눈 속에 눈을 넣고 좋아한다.

너를 만나러 왔구나

신께서 나에게 그것을 허락하셨구나

감사하구나

숨어 있던 영감들이 달려 나와

미간에서 꼬리를 달고 나팔을 불어댄다

천사의 나팔 소리


타르초가 한 차례 펄럭대며

춤사위 벌이니

비둘기떼 노래하듯 날아오른다


내 영혼은 소리 없이

환희하며 하늘가에 닿는다

# 파슈파티나트

비둘기들과 비행

새는 땅과 하늘을 잇는 가교로 날고

구름은 흰옷을 입었다 벗었다

단장한 랍비들 여인네들 다가오는 아이들

향내와 이곳저곳의 연기

하늘로 올라간다


꽃들 장식된 장작더미 너머

고요하게 누워있는 주검

삶과 죽음을 타고 넘는 다비 이어지며

세상의 문을 닫고

타다만 검은 나무 사이로 흘러가는 것들

살타는 냄새 진동한다

곳곳마다 붉은색을 입히고

기도하는

보이지 않는 세계를 향한 화사한 색들

삶과 죽음이 공존하며

평정된 듯 자연스러운

어디에도 죽음 앞에서 통곡하는 모습은 보이지 않는다


이생에서 신 앞에 갈 때는

신발을 벗어야 하는

힌두신들 향해 맨발로 달려가는 삶들

내 어머니 가실 때는 꽃신 신겨 드렸었지


삶과 죽음이 넘나드는 그곳

검은 강이 흐른다

# 신과 인간이 하나가 되는 땅 신들의 나라 **카드만두**

 다양한 신을 모신 사원이 많은 도시

 이름만으로도 가슴 두근거리는 곳, 히말라야가 병풍처럼 펼쳐진 곳 네팔.

 네팔의 카트만두는 힌두교와 불교가 공존하며 독특한 형체의 색채를 간직하고 있으며 오랜 역사의 흔적을 느낄 수 있는 힌두사원과 불교사원을 만날 수 있다.

 긴 히말라야 트레킹을 다녀온 후 둘러본 카트만두의 사원들이다. 이후에 네팔 대지진이 있었고 지금은 또 다른 모습으로 변해 있을지라도 신에게로 가는 길, 앉은 자리가 곧 신전이 되는 곳. 네팔 사람들에게 신은 일상의 모든 영역에 존재한다.

 힌두교에는 3억 3천의 신이 있다는데, 네팔의 신들은 어떤 모습일까?

 힌두교와 불교의 교리가 서로 융합되어 있고 인도와 티베트의 밀교적인 특성도 결합한 특징의 네팔사람들의 종교관은 기도와 종교의식에 바탕을 둔다. 토착 민간 종교까지 합쳐서 오늘날의 모습을 이루고 있다.

힌두교의 대표적 쉬바 신, 트리슐라라 불리는 삼지창이 상징인 쉬바 인간의 몸체에 독수리 머리의 가루다 신, 원숭이 신인 하누만 신, 동물 신들, 라마야나 영웅 신으로 재탄생된 인간의 몸 코끼리 형상의 가네샤 신. 살아있는 여신 쿠마리 까지 숭배할 만큼 종교적 색채가 강하다. 그들에게 신은 추상적인 존재가 아닌 현세의 존재이며 인간 삶에 직접적 영향을 미친다고 믿고 있다.

## 보드나트 사원

카트만두 동쪽에 있는 티베트 불교신자들의 성지 '보드나트'에서 세계최고의 불탑인 보드나트를 만났다. 보드나트 사원의 스투파는 불교 사리탑으로 보드나트는 깨달음의 '보드'와 '나트'는 사원이라는 뜻의 깨달음의 사원이다. 석가의 골절사리가 모셔져 있는 이 사원은 네팔에서 가장 큰 규모의 불탑으로 높이 32m 길이가 100m 이다. 이 스투파에 새겨진 부처의 동그랗게 뜬 두 눈이 특이한데 용서를 뜻한다. 부처님의 한 눈은 용서를 다른 한 눈은 화해를 하라고 하는 듯, 보는 이들을 응시한다. 사방으로 부처님의 지혜의 눈이 번뜩이는 불탑 둘레에 불교의 깃발인 룽다가 바람에 펄럭인다.

지혜의 눈이 나를 바라본다.

불교 신자들은 스투파를 한 바퀴 돌면 불경을 일천 번 읽는 것만큼의 공덕을 쌓는 일이라 믿고 있어서 스투파 주변은 항상 참배객들로 북적인다. 티벳인들은 이곳에 고대 부처의 사리가 있다고 믿었기 때문에 이 사리탑에는 네팔의 많은 불교신자들의 숭배를 받고 있는 티베트불교의 순례지다. 주변으로 수십 개의 티베트 사원에 많은 티베트 난민이 모여 살고 있으며, 티베트 불교 문화를 접할 수 있다. 불탑 주의의 상가에 비둘기 떼가 날고 있으며 티벳 승려가 보인다. 나도 그 순간에 잠시 속세를 떠난 듯 승려 옆에 서 보았다.

## 파슈파티나트 사원

  세계 유일의 힌두왕국 네팔, 자신이 서 있는 자리가 신전이 되
고 신에게 바치는 하루하루가 예술이 되는 곳, 독특한 문화와 삶
을 일구어낸 땅 네팔, 신에게 가까이 가기위한 여정의 삶, 죽음
은 끝이 아니라 신에게 다가가는 또 다른 삶의 여정이다. 해탈을 꿈
꾸는 윤회의 강, 사후를 준비하는 사두들, 사원의 도시, 힌두교
와 불교의 옛사원들이 조화를 이루며 공존하고 있는 네팔.

갠지스 강 상류에 세워진 파슈파티나트는 네팔에서 가장 큰 힌두교 사원으로 시바 신을 모시는 신전이 있는 곳으로 네팔 힌두인 들의 최고 성지이다. 파슈파티나트는 477년에 지어진 것으로 1697년 네와르 족이 건설한 중세 말라왕조 부파틴드라 왕 때 현재의 모습으로 재건되었다.

인생이란 커다란 윤회 바퀴에서의 일부일 뿐 이승과 작별하는 장례를 치르는 화장터이기도 한 이곳의 사진을 보고 있는 지금도 노천 불의 화장 의식의 연기가 나고 생경한 냄새가 나는 듯하다.

삶과 역사를 품고 흐르는 강, 바그마티강은 네팔 힌두인 에게 신성시 되는 강으로 카트만두를 지나 인도의 갠지스 강으로 흘러간다.

이곳에는 시바신과 기타 신들의 형상이 서 있고 여러 사원들이 모여 있다. 그중 파슈파티 사원은 금판으로 덮인 지붕과 은으로 만든 문, 그리고 탑에 새겨진 나뭇조각 등이 아름답다. 신발을 벗고 사원으로 들어가려 했으나, 사원에는 힌두교도 외에는 출입이 금지돼 있어 빼꼼이 들여다보기만 했다. 파슈파티나트에는 시바신의 첫째 부인인 사티데비를 위한 구헤쉬리사원이 있는데, 이는 아버지에 의해 제물로 바쳐진 그녀를 추모한 사원으로, 여성의 권리를 표현하고 있다.

언덕위에서 사원의 전경을 내려다보았다. 사원 곳곳에 단장을 한 사두가 앉아 있었고 원숭이가 그들 앞에서 가르침을 받는 듯한 모양도 신기했다.

## 스와얌부나트 사원

스와얌부나트 사원은 네팔에서 가장 오래된 사원으로 불교의 진수를 보여준다.

카트만두 중심에서 서쪽으로 2㎞ 정도 떨어진 언덕 위에 자리 잡고 있는 네팔 불교인 라마교의 성지로 카트만두의 유래와 관련이 깊다.

본래 카트만두는 호수였는데, 문수보살이 호수의 물을 모두 말려 없애자 가장 먼저 이 사원이 떠올랐다고 한다. 스와얌부나트 정상의 언덕은 자연스럽게 솟아오른 땅으로 '스와얌부'는 '스스로 일어선'이라는 뜻이라 한다. 네팔에서 가장 오래된 불교 사원으로 약 2000년 전에 건립되었으며, 1979년 유네스코 세계문화유산에 등재되었다. 언덕으로 통하는 365개의 가파른 돌계단을 올라오면 커다란 스투파를 비롯하여 화려한 불탑들이 눈에 들어온다. 불교 사원이지만 힌두교와 공존한다. 목조 건물과 석조 건물로 이루어져 있으며, 가운데 높이 솟아있는 스투파를 중심으로 여러 채의 사당이 있고 왕과 여왕을 기념하기 위해 지은 하얀 탑도 있다. 높이 38m의 세계 최대의 스투파는 하얀색 돔 위에 두 개의 눈이 그려진 금으로 도금된 사면체가 놓여있고 그 위로 황금색 탑이 솟아 있는 모습이다. 탑의 맨 아래는 사리가 봉안되어 있고, 불탑의 하얀 돔은 '세상의 창조'를 의미하며, 돔 위의 눈은 '부처님의 눈'이며, 눈 아래는 '네팔 숫자로 하나', 룽다의 다섯 색은 다섯 부처를 상징한다. 흰색 돔 바로 위 사면체에 두개의 눈이 그려져 있다. '지혜의 눈'으로 불리는 두개의 눈 아래에 그려진 물음표 모양은 네팔의 숫자 1을 형상화한 것으로, '진리에 도달하는 것은 스스로 깨달음을 얻는 하나의 방법밖에 없다'는 것을 의미한다. 땅은 명상, 흰색 돌은 번뇌로부터의 자유 13계단은 해탈로 가는 13계단, 공기는 가벼워진 자유를 상징한다.

스와얌부나트 사원의 곳곳에는 야생 원숭이들이 자유롭게 살고 있어 '원숭이 사원'이라고 불린다. 수많은 관광객들의 눈길에도 아랑곳하지 않고 사원의 불탑과 건물들을 자유롭게 오가는 원숭이들의 모습이 평화롭게 느껴진다. 사원의 담 위에 포즈를 취한 듯한 원숭이가 햇살을 받으며 내 카메라에 모습을 드러낸다.

카트만두 중심과 가까우면서도 언덕에 위치하고 있어서 카트만두 시내가 한눈에 내려다보이는 전망대 역할을 하기도 한다. 전망이 좋은 곳곳에서 카트만두 시내가 한 눈에 들어온다.

스와얌부나트는 불교 사원이지만 불교와 힌두교 사원이 한 곳에 같이 있으며, 불교 신자뿐 아니라 힌두교 순례자들도 많이 찾는 곳이다. 다양한 종교가 공존하고 종교가 다를 수 있음을 인정하고 서로 공존하는 모습이 아름답다. 2015년 네팔 대지진으로 무너지고 허물어진 곳을 복구했는지 궁금하다.

모든 의식에서 모든 것을 신과 연계시키는 나라, 신의 나라 네팔

신과 신화의 땅 네팔, 신이 인간이었고 인간이 신이었다.
신과 인간이 하나가 되는 땅 네팔

나마스떼*~

*나마스떼는 당신 속에 깃든 신에게 경배합니다! 라는 의미이다.

# 숨

우주 만물과 내통하는 길

과거의 연인과

시공을 넘어 내게 오는 별들과

시인들이 내쉬는 시어들과

과거 전생 그런 인연들이

시공간 넘나드는 별들

그들과 내통하니 숨이 쉬어진다

# 산다는 것은

내가 누구인지

미확인 물체로 이 세상 운행하다

다시 원소로 돌아가기 전에 만난

나

본성으로

내 앞에 놓인 선택에 줄타기하며

지금 이 순간을 축복하고

최선으로 삶과 마주하는 시간

누구를 탓하지 않고

자기 삶을 사는 이는 아름답다

하루하루 이 삶과 마주하며 사는

나는 숭고한 자유인이다

# 히말라야 설산 아래 오래된 도시 박타푸르

고대 아시아의 문화적인 중심지 네팔 박타푸르에 다녀왔다.

박타푸르는 네팔 카트만두 계곡에 위치하고 있는 도시로 카트만두에서 약13키로미터 떨어진 곳에 위치한다. 박타푸르는 '신들의 도시'라는 뜻이다. 도시 자체가 유네스코문화유산으로 지정될 만큼 문화적 가치가 높은 도시이다.

카트만두 계곡은 네팔 중앙에 위치한 곳으로 힌두교, 불교의 성지를 비롯하여 적어도 130개 이상의 주요 문화재가 있는 고대 아시아의 문명지이다. 865년 라자 아난다 말라가 세웠다고 전해지는 곳으로, 200년 동안 이 계곡은 가장 중요한 정착지였다. 15세기 후반까지 네팔의 수도였던 곳이기도 하다. 14~16세기 티베트와 인도와의 중개무역으로 막대한 부를 축적하며 최대의 전성기를 누렸으나 18세기 샤 왕조 정권 교체 때 왕국의 중심을 카트만두로 이동하면서 박타푸르의 전성기는 막을 내렸다.

네팔 역사상 가장 찬란한 문화를 꽃피우며 번성했던 말라왕국의 카트만두, 파타, 박타푸르 3대 고대도시 중에서도 17세기의 예스러운 정취가 가장 많이 남아 있는 곳이다.

도시는 힌두교 색채가 강하다.

박타푸르 입구에는 구시가지로 들어가는 아치형의 작은 문이 있다. 이 문은 현재에서 중세 네팔로 넘어가는 시간 이동의 통로로, 시

간을 거슬러 공간 이동을 한 듯한 느낌마저 들어 그들과 같은 공간에
서 숨을 쉬는 듯하다.

입구를 지나면 바로 16~19세기까지 왕궁이 있었던 더르바르 광장이 펼쳐진다. 더르바르는 왕궁을 뜻하는데 박타푸르가 카트만두의 더르바르 광장에 비해 깨끗하고 건축물의 배치도 안정적이다. 광장에서 그림과 골동품 가게가 즐비하게 늘어서 있는 골목을 지나 동남쪽으로 걷다보면 타우마디 톨레로 이어진다. 이곳은 더르바르 광장에 비해 그 규모는 작지만 박타푸르에서도 손꼽히는 건축물로 둘러싸인 아름다운 광장이다.

타우마디 톨레에서 가장 눈에 띄는 냐타폴라 사원이다. 벽돌로 5층의 기단을 쌓고, 그 위에 다시 5층의 목조탑을 쌓은 사원으로 건물 높이가 30m로 박타푸르에서 가장 높은 건축물이다. 사원 입구의 돌계단 양쪽에는 맨 아래에서부터 일당 십의 사람과 코끼리, 호랑이 사자의 몸통을 가진 그리핀 등 서로 다른 대형 석조물이 세워져 있는데, 한 층 위에 있는 조각이 아래에 있는 조각보다 열배의 힘을 지녔다고 한다.

왕궁 안에 있는 옛 왕조시대의 목욕탕이 있는 연못은 푸른 이끼 옷을 입고 있다. 왕비와 왕의 전용 목욕탕에 세워진 '코브라'는 힌두교의 물의 신이다.

목공아트, 목조 공예로 명성이 있는 네와르 족의 마을답게 건물마다 정교한 목각 공예로 장식되어 있는 오래된 왕궁과 사원들이 즐비하다. 벽의 일부를 파서 정교한 목재 조각을 배치한 기술이 놀랍다. 중세건축 예술의 정수를 볼 수 있다. 지금까지도 네와르 장인들의 기술 공방이 곳곳에 있다.

유적지와 일상의 공간과의 구분이 없다. 가장 오래된 고대 도시의 건물들을 그냥 일반적으로 이용되고 있다. 문화재 건물들은 식당이나 카페 게스트 룸으로 이용하고 있는 것은 우리의 견해로서는 놀라운일이다. 지붕 없는 박물관, 살아있는 박물관이다. '푸르'라는 말은 마을이라는 뜻이라고 한다. 즉, 박타푸르는 마을과 궁이 함께 어우러진 도시라는 뜻이다. 왕궁 안의 문화재 나타폴라 카페에 앉아서 마시는 커피 맛도 좋다.

오밀조밀한 골목에서 길을 잃어보라. 골목은 앞마당이기도 하다. 장인들이 살고 있는 골목이다. 군데군데 남아 있는 우물에서 물을 긷는 광경을 볼 수 있는 우물은 빨래를 하고 머리를 감고 과거를 그대로 간직한 채 고요히 흘러가는 시간인 듯하다. 날 것 그대로의 일상이 골목에 있다.

도기광장에는 마을 공터에서 도기를 공동으로 생산하는데, 공터 한가운데 짚을 깔고 토기를 굽는 광경은 비가 와서 볼 수 없었지만 그 흔적들은 충분히 볼 수 있었다.

힌두교와 탄트라 불교에서 종교의례나 명상할 때의 상징적 그림으로 우주를 상징하는 만다라를 그리는 곳도 둘러 보았다. 마치 중세의 거리를 그대로 옮겨놓은 듯한 이곳은 1994년 키아누 리브스가 주연한 영화 `리틀 붓다` 촬영지로 세상에 많이 알려졌다.

시간이 멈춘 듯 한 중세의 모습이 닮긴 거리를 걸으며 마치 타임머신을 타고 역사속으로 들어와 중세인이 되어 그곳에 나그네 되어 온 듯한 느낌마져 들었다. 미로같은 좁은 골목 마을의 아름다움에 빠져보는 시간이었다.

*사진들은 2015년 4월 네팔 대 지진이 있기 몇 달 전에 촬영한 덕분에 온전한 상태이다.
천재지변 등 어쩔 수 없는 것들에 대해서도 나마스테~

China

# 누란의 미녀

살포시 미소 짓는 죽음의 모나리자

검은 그녀의 웃는 모습

발에 털신 신겨져 있었다


천년도 순간이라

살아서 죽은 죽어서 살아있는

사라진 신비의 왕국

모래폭풍 이불 삼아 덮고 기다린 하 세월

해오라기 깃털 달고 긴 세월 날아와 만났다


순간도 천년이라

삼천년전 금발의 누란 미녀*

로프호스 여왕 닮았던 내 친구 루시아

순간 한줌재로 변해 사막의 바람처럼 사라졌다


그들 영혼은 서로 만나고 있을까?

*누란은 신장 위구르 자치주에 있는 고대의 작은 국가 선선국, 현 중국령.
BC1880년 –1800 살았을, 우르무치 신장 위구르 자치주 박물관2층 고시관에 보존되어 있다.

# 마귀성

실크로드 사막 한켠 터를 잡아


바람이 전설들 꺼내놓고

갈기갈기 찢어

윙윙거리며 건물 짓고

사물 만드는 귀곡성


바람소리가 만들어낸

소문들이 지어놓은 모래성

바람의 신비에 홀려 잡혀온 모래들

성에 갇혀 마귀의 울음운다


그리스 신화속 마차들

휘둥그레 눈 맞춘 거북바위와

대화하듯 오랜시간 서 있었다

바람도 잠시 쉬어가듯 고요하다


전설이 전설을 낳는다

# 사막의 칼날, 걷다

바람이 세워놓은 시퍼렇게 날이 선 칼날을

작두타는 무녀, 신령한 여인의 의식처럼

맨발로 올라갔다


올곧은 믿음이 아니라면 한칼에 베어질

지천명의 춤사위 그것처럼

진리 앞에 선 발걸음은 사뿐하게 가볍다


모든 생 마감하고 허물어진 모래 알갱이들

무너진 칼날의 문신을 세는 것은

사막에 사는 별들의 몫이다


벼랑 끝에서 오는 울림의 전율

바람은 다시 쉬~쉬~ 소리 내며 칼을 갈고있다

가야할 길은 숙명이고 소명이다

## 칼날 같은 사막을 걸었습니다. 돈황 막고굴 **우루무치**

　이맘때면 어느날 홀연히 떠난 친구가 생각난다. 그 친구와 누란의 미녀를 생각하다가 우루무치 돈황 막고굴 여행을 떠올렸다.

　신장 위그루 여행의 첫번째 여행지의 첫 방문지가 신강박물관이었다. 그곳에서 만난 미이라인 누란의 미녀다.

1층에서는 고대인의 흔적을 볼 수 있었다. 2층에는 신장고묘古墓에서 발견된 고대인의 미라가 있는데 그중 3200년이나 되었다는 누란미녀 미이라가 유명하다. 건조한 기후 덕분에 보존상태가 뛰어나며 살포시 웃는 듯한 표정이어서 '죽음의 모나리자'라는 별명으로 불린다.

특별한 안내도 없이 불쑥만난 여호복희의 전시된 그림은 진품이라고 한다. 역사강의나 여러곳에서 만난 그림이라 반갑고 고마웠다. 우리민족의 씨알을 만나는 느낌이었다. 1층 민속관에는 몽골을 비롯한 북방민족 각각의 특색을 잘 전시해 두었다. 오래된 천의 전시도 흥미로웠다.

# 홍산공원

두번째로 방문한 곳이 곳이다. 홍산(호랑이를 닮은 홍산) 동서로 길게 뻗은 형태의 산세를 가진 홍산은 주봉이 1391미터로 새벽과 저녁무렵 암벽이 해에 비치면 붉게 빛난다 하여 홍산이라 불리게 되었다.  맹호와 같은 형세에 기세가 비범하고 붉은색의 가파른 암석들이 있어 호두산이나 홍산취라고도 불린다.  시내중심에 위치하고 있으며 원래는 당에 불교의 성지였으나 안타깝게도 그 때의 문물과 유적이 지금은 남아 있지 않다.

아직 잎이 나지 않고 꽃이 피지 않아서 삭막한 풍경이나 녹음이 어우러지면 아름다울 공원이라는 생각을 했다. 공원 정상근처의 절과 관광객용의 화사한 곳은 따로 입장료를 받는 듯하다. 시간도 넉넉하지 않아 옆으로 스치고 지나왔다. 우루무치 시내가 한눈에 보인다.

# 돈황 막고굴

돈황예술의 결정, 막고굴 (모어까오쿠, magaos caves) 세계문화유산이다. 실크로드의 중심이었던 돈황에서 구법승, 대상, 병사들이 끊임없이 드나들었다. 때문에 경제적인 융성 뿐 아니라 돈황예술을 꽃피우기도 했는데, 그 대표적인 흔적이 바로 세계적인 불교 유적지로 유명한 막고굴이다. 돈황 시내에서 동남쪽으로 25km 떨어진 곳으로 버스로 삼십분 거리에 있고 굴 주변으로 가느다란 시냇물이 흐르며 주변은 온통 황량한 산으로 둘러싸여 있다. 이 막고굴은 서기 366년 승려 막준이 명사산과 삼위산에 이상한 빛이 있음을 알고 석벽을 파서 굴을 만들기 시작한 것이 시초라고 한다. 그리고 그로부터 14세기까지 약 천 년 동안 수많은 승려와 조각과 화가 역경사, 석공 등이 만들어내 예술품이다.

막고굴은 사전 예약으로 진행되며 전체를 이해할 수 있는 영화 상영이 있었다. 막고굴을 보기 위해 달려왔던 나는 작은 카메라로 중요 영화의 내용을 담았다. 그리고 셔틀을 타고 막고굴 근처까지 가서 막고굴로 걸어갔다. 모든 굴들을 다 구경할 수는 없었고 여행가이드들이 열어주는 굴들을 구경하였다. 한국말이 능숙하지 않은 가이드의 설명을 들으며 상상속의 나를 가동시켰다.

태양빛에 비친 막고굴은 빛났다. 봄꽃들이 피어나는 계절에 만난 막고굴 이 삶의 아름다운 선물이다. 혜초스님의 흔적의 왕오천

축국전이 그곳에 있었다. 오는 길에 하늘을 날으는 선녀인, 비천 동
상앞에서 선녀가 된 듯 즐거웠다. 서유기의 무대를 보는 것도 뜻있
는 시간이다.

# 명사산

　산 같은 모래 언덕이었다. 돈황에 있는 또 하나의 명물은 고운 모래로 이루어진 명사산이다. 이 명사산는 돈황의 남쪽으로 5km 떨어진 곳에 뾰쪽하게 솟아있는 모래산으로 쌀알만한 모래와 돌이 퇴적되어 형성된 산이라고 한다. 심한 바람이 불기 시작하면 모래산은 거대한 소리를 내며, 가벼운 바람이 불어도 마치 관현악 연주를 하는 듯한 소리를 들을 수 있다. 이러한 산의 특징으로 명사를 따서 명사산이라고 이름이 붙게 되었다. 산 정상에 올라가 미끄러지듯 내려다 보면 발 아래에서 내는 모래들의 소리를 들을 수 있다.

## 월아천

초생달 모양의 오아시스다. 월아천은 명사산 안에 있는 초생달 모양의 작은 오아시스로 남북길이가 약 150m. 폭이 50m정도다. 서쪽에서 동으로 갈수록 수심이 깊고, 제일 깊은 곳은 5m 정도인데, 물색이 맑고 파래 거울을 보는 것과 같다. 한나라 이전부터 존재하였으나 한나라때 관광지로 유명해졌다. 월아천은 돈황 남쪽에 솟아있는 곤륜산맥의 눈 녹은 물이 지하로 흘러 비교적 저지대인 이곳에서 솟아나느 것이라고 한다. 또 매년 광풍이 불어도 이곳 만큼은 좀처럼 모래에 덮이지 않아 기이하게 여겨졌다.

모래가 신발에 들어가지 않게 주황색 덧신을 신었다. 낙타를 타고 명사산을 오르는 관관객들을 보며 열심히 카메라 셔트를 눌렀는데, 내가 낙타를 탄다고 하니 흥이 절로 났다. 낙타는 따로 움직이지 않게 줄로 연결되어 있었다. 6마리가 주욱 연결되어 사막을 걸었다. 낙타를 타고 목로주점을 흥얼거리며 같이 온 구비와 장단을 맞추었다. 산 중턱에서 낙타에서 내려 산꼭대기까지 걸어 올라갔다. 산정산에서 굽이 굽이 사막의 산을 바라보는 것도 아름답다. 해가 뉘엇뉘엇 사막위에서 넘어간다. 사막에서 지는 해를 보는 것도 행복하다.

낙타에서 내려 월아천까지 걸어갔다. 밤이 몰려오고 있었다. 바람도 숨을 죽이고 있는 듯 고요하다. 월아천에 불빛이 보인다. 도

교 사원인 듯한 건물에 불이 켜지고 달모양의 오아시스 주위에
도 전등이 불이 켜지고 있다. 해는 넘어가고 남은 빛으로 장식된 하
늘을 배경으로 월아천의 반영이 아름답다.

　초생달이 떴다. 월아천에서 바라보는 초생달은 유달리 청초하다.

　유서깊은 돈황산장에서의 하룻밤은 특별하다. 산장목상 꼭대기
에 올라가 별들과 초생달을 보았다.

　아침에 뜨는 태양을 그곳에서 만나고 명사산을 배경으로 앉아 아
침식사를 하였다.  잊지 못할 비경중의 하나다.

## 양관 박물관

실크로드를 볼 수 있는 양관 박물관은 한나라때 세워진 방어진 지 양관을 복원하여 만든 박물관으로 실크로드 관련 유물들을 볼 수 있다. 그 당시 시절의 서역, 유럽과의 교역품이나 갑옷, 무기들 이 전시되어 있다. 박물관 앞 마당에는 당나라 때의 사신인 왕유 의 동상과 한나라 외교관 장건의 동상이 서 있다.

## 양관 봉화대

실크로드 서역 남로의 출발점의 양관 봉화대는 2000여년 전 한 무제시대에 흉노족이나 타 민족들의 침략을 감시하기 위해 만들어 졌다. 붉은 모래산 위에 위치해 있으며, 높이 4.7m 길이 8m의 봉 화대로 형체만 남아 있다. 접근하지 못하도로 막아두었으나 멀리 서 관광할 수 있다.

햇살 내리쬐는 봄날의 양관고성은 눈이 부시다. 가이드의 설명으 로 양관 박물관을 둘러보고 봉화대까지는 전동차로 올랐다. 봉화 대 근처의 조형물까지 올라 근처의 풍경을 구경하였다. 강아지 한 마리가 그곳의 주인인 양 지키며 안내하고 있는 모습이 흥미롭 다. 아래 근처에 낙타를 타는 관광객을 보았다.

## 돈황고성

돈황의 시가지에서 25km가량 빠져 나와 남동쪽, 명사산이 있는 사막 한가운데 우뚝 솟은 성이 하나 나타나는데, 이곳이 영화세트장으로 유명한 돈황고성이다. 1987년 중일합작으로 대형 역사영화 "돈황"을 찍기 위하여 만들어진 세트장으로 송대의 '청명상하도'를 원본으로하여 사주고성을 그대로 재현하였는데, 그 건축면적이 1만평방미터에 달한다. 돈황고성의 건축품격은 서역의 운치 속에 동 서 남으로 난 세개의 성문과 성루가 우뚝 솟아 있다. 성내에는 고창, 돈황, 감주, 홍경, 변량 5개의 주요도로를 조성해 놓았으며, 도로 양편으로는 불당과 전당포, 창고, 주점 주택등이 지어져 있다.

## 마귀성

하미를 출발하여 선선으로 이동하는 중에 마귀성을 들렸다. 마귀성 바람의 침식작용으로 생긴 풍식지형으로 신기한 모양의 바위들이 광활하게 펼쳐진 곳이다. 마귀성의 원래 명칭은 '야단지모'이다.

## 쿠무타크 사막

트랙터를 타고 올라갔다. 사막의 칼날같은 봉우리를 무너뜨리며 걸었다.

나는 여름속에서 겨울을 만났던 천산여행은 사막을 걷는 것으로 마무리를 했다. 역시 여행은 영혼의 속살을 키우고 살찌우는 황금같은 시간이다. 우루무치 특유의 문화가 중국에 예속되어져서 특유의 특성이 사라지는 것이 너무나 안타깝다는 생각이 들었다.

# 무릉도원

홍도화 붉은 빛이 강속에 스며들어 물마져 붉게 물들었네

내속에 스며든 그대의 붉은 볼이 물속에서 어른댄다

복숭아 꽃피는 그 속이 꿈속인 듯 한 것이 과연 몽유도원이로구나!

# 홍도화

수렁에 빠졌다

허우적댈수록 빠져드는 수렁


지를 수 없는 비명은

내가 지른 소리다


질리도록 붉은 것에 질릴 수 없이 빠져 버리는

붉은 비명에 눈물처럼 떨어진 꽃잎


질리도록 붉어서 열매가 없다


그래서 예쁜가 보다

## "무릉도원이 이곳이구나!" 구이린 桂林 유람선여행

천하제일의 산수, 신이 그린 산수화

노란 계수나무 꽃잎차를 마시며 이맘때쯤에 여행했던 계림을 추억했다.

시성詩聖 두보杜甫는 죽어서 신선이 되느니 살아서 계림에 살고 싶다며 극찬했다고 한다. 그의 절구 하나를 읊어 본다.

江碧鳥逾白강벽조유백 山靑花欲然산청화욕연

今春看又過금춘간우과 何日是歸年하일시귀년

(강물이 푸르니 새는 더욱 희고, 산 빛이 푸르니 꽃 빛이 불붙는 듯하다.

올 봄도 눈앞에서 지나가니 어느 날이 돌아갈 해인가?)

구이린(계림)은 산수가 아름다워 예로부터 많은 시인묵객들이 다투어 아름다움을 노래했는데, 계림산수갑천하 桂林山水甲天下 즉 계림의 산수가 세상에서 제일 아름답다고 했다. 이강과 도화강이 만나고 어우러지는 곳곳에 펼쳐지는 풍경은 가히 천하 제일이라 할만하다.

계림을 다녀온 것은 형제자매가족여행에서였다. 우리 가족은 여余씨 울타리라는 뜻의 여울회라는 이름의 테두리를 만들어서 해마다 돌아가며 만나고 있다. 그러다가 가끔은 해외여행을 떠난다. 여섯명의 아들 딸과 그 배우자들이 함께 여행하였고 나는 그 중에 막내다. 언니 오빠 형부들 틈에서 가장 많이 사랑받고 많이 누리고 있다.

계림의 명칭은 계수나무가 많은 지역으로 계수나무 꽃이 흐드러지게 피는 곳이라는 뜻이다. 구이린이라 불리며 중국 북동부에 있는 도시다. 카르스트 지형으로 지각변동으로 인해 해저가 돌출하여 만들어진 것이다. 석회암이 만들어낸 기암괴석의 특유한 봉우리가 곳곳에 솟아 있고 그 사이로 이강이 흐르며 아름다운 풍경을 이룬다. 계수나무 꽃이 흐드러지게 필 때면 꽃향기가 가득하겠다.

시선 이백李白이 두 차례 다녀간 것을 비롯해 당나라 시인 200여 명이 다녀갔다고 한다.

상상을 안개로 버무려 놓은 듯 한 몽환적 풍경을 작품으로 승화시키는 일을 하는 것은 시인이나 화가들의 몫이었을 것이다. 무엇을 꺼집어내느냐는 작가의 역량에 맡겨야 할 일이다. 어쩌면 안개와 상상력은 같은 부류의 질감을 가지고 있다. 만져지지도 않고 모호한, 작가는 그것들을 자신만의 언어로 완벽하게 눈에 띄게 세상에 내놓는 일을 해야 함이다.

## 관암동굴

　중국 최고의 석회암 동굴로 각양각색 기이한 종유석이 어두운 동굴 안에서 화려한 조명으로 더욱 아름답게 느껴졌다. 관광을 위해 설계된 모노레일과 미니열차, 보트까지 타는 맛도 동굴 탐험의 재미를 더했다. 근처에서 꽃 화관을 팔고 있었다. 엉겁결에 꽃 화관을 쓰고 많이 웃었다. 꽃 화관 하나로 모두가 즐거워했다. 가끔씩 머리에 꽃을 꽂는 것도 나쁘지 않은 일인 듯하다. 미침은 도달함이라 이성적이지 않고 감정에 함께 어우러져 보는 것도 여행의 묘미이다.

## 이강유람 관광

　중국 10대 절경 중 2위 꼽힌다. 이강의 3만2천여 개의 봉우리들이 아스라이 다가오고 자연의 신비로움에 감동하는 시간들이다. 이강은 베트남의 하롱베이까지 이어진다. 유람선을 타고 몽환적인 강 풍경을 배경으로 화관을 번갈아 쓰며 가족사진을 찍었다. 몽환적 분위기를 만들기 위해서 인 냥 안개는 도시를 감싸고 있다. 그런것들이 현실속의 풍경이 아닌 듯했다. 마치 무릉도원의 한 페이지 같다는 생각을 했다. 수만 년 동안 석회암이 비바람에 씻겨 만들어낸 기암괴석과 그 사이로 흐르는 이강은 한순간도 놓칠 수 없는 절경이다. 계림은 연중 내내 비가 많이 내리고 습도가 높은 지역으로 안개와 어우러진 산봉우리의 모습은 계림만의 독특한 아름다움을 상징한다. 도시 그 자체가 바로 한 폭의 산수화인 곳, 계림의 풍경 속에 들어 갔다와서 대형전경구이린 풍정 가무쇼 산수간을 관람하였다.

# 천산공원

산과 물, 동굴이 어우러진 천산공원은 계림 동남쪽에 위치했으며 공원의 천산과 탑산 사이로 이강의 지류인 소동강이 흐른다. 천산에는 천산암, 천암, 월암 등이 있고 산꼭대기에는 천산정자가 있다. 월암에서 주변 경관을 내려다보면 소동강의 아름다운 풍경이 시야를 가득 채운다. 앞쪽 소동강 강변에 높이 194m의 탑산은 100만 년 전 지각변동으로 인해 천산과 분리됐다. 산 정상에 명나라 때 건립된 7층짜리 수불탑이 있어 탑산이라는 이름을 얻었다. 뚫을 천(穿) 자를 쓰는 천산은 가운데 큰 구멍이 있는데 남월과의 전투에서 북파 장군 마원이 쏜 화살이 뚫고 지나갔다는 전설이 내려온다. 바위에 새겨져 있는 다양한 글씨체를 보고 서예를 하시는 넷째 형부는 사진이라도 찍어 그 여운을 간직하려했다. 천산공원은 자연동굴이 뻥 뚫려있고 내려오는 길에 관음상이 앉아 있어 아시는 분이다 싶어 고개를 숙이고 왔다. 천산공원외에 여러 공원들을 둘러 보았다. 공작새를 길들여 세트장을 만들어두고 여행자들의 사진을 찍어주는 곳이 있었다. 봉황이 화두처럼 다가오던 시절이라 못이기는 척 공작새를 안았다.

## 요산

　계림에서 가장 높은 봉우리로 해발 905미터 높이 760미터다. 계림의 산들이 대부분 석회암 산인데 반해 유일한 흙산이다. 주나라에서 당나라 시대까지 요순시대 이상적인 통치로 태평성대를 이룬 요임금을 모시는 사당이 산 위에 있어 요산이라 부르게 되었다. 부부 팀들이 2인용 케이블카를 타고 요산을 올랐다. 정상에서 바라본 풍광은 수많은 봉우리가 우뚝 솟은 계림의 동양적인 산수의 아름다움을 한눈에 볼 수 있었다. 전망대 옆에는 십이지신상의 동물들로 만들어진 금불상이 있다. 본인의 띠 앞에 서서 그리고 요 임금 동상앞에서도 다녀간 흔적을 사진을 남기곤 하는 곳이다.

## 우룽하 뗏목

우룡하는 용이 만나는 강, 용이 승천하는 것을 본 강이란 뜻에서 기인한 우룡하 대나무 뗏목 유람은 한폭의 산수화 속으로 들어가는 일이었다. 가마우지도 뗏목을 타고 물고기를 잡았다가 묶여있는 목에 걸려 먹지는 못하고 공연을 한다. 뗏목을 타고 가다가 옆 뗏목에서 강남스타일 음악이 나오고 춤을 추던 광경도 대신 노를 젓겠다고 하다가 뗏목이 강기슭으로 몰려 갔던 일들도 뗏목 여행에서의 묘미였다.

## 서가재래시장

수많은 관광객이 몰리는 곳이다. 이국적 풍경속에서 보라색 머리띠와 샤르르한 스카프를 사서 무릉도원을 갈 때 매고 다녔다.

## 세외도원

　산수의 아름다움이 천하제일이라는 한 폭의 수묵화 같은 세외도원에 복숭아 꽃이 흐드러지게 피어있다. 세외도원은 계림에서 양삭으로 가는 길에 있으며 버스로 1시간 정도 달리면 도착한다. 진나라 때 술의 성인 전원시인의 최고봉인 도연명이 지은 도화원기에 등장하는 아름다운 비경이다. 소설의 서문 요지는 다음과 같다. 무릉, 지금의 후난 성 도원현에 살던 어느 어부가 강을 거슬러 올라가던 중 복사꽃이 피어 있는 수풀 속으로 잘못 들어갔는데 숲의 끝에 이르러 강물의 수원이 되는 깊은 동굴을 발견했다. 그 동굴을 빠져나오니 평화롭고 아름다운 별천지가 펼쳐졌다. 그곳의 사람들은 진대의 전란을 피해 이곳으로 왔는데 그때 이후 수백 년 동안 세상과 단절된 채 지내왔다는 것이다. 이를 다른 표현으로 무릉도원이라고도 한다는 이야기를 현세에 꾸며 놓은 곳이다.

　호수를 중심으로 배를 타고 수상 관람을 하다가 배는 유유히 떠나며 동굴 속으로 들어가게 되고 어둡고 좁은 동굴 속을 지나 '세상 속의 바깥'인 세외도원, 이 세상과 다른 풍경이 펼쳐진다. 중국의 소수 민족들의 생활 풍습과 전통가옥을 볼 수 있으며 그들 조상들이 살던 모습을 그대로 재현해 놓고 있어 생생한 생활상을 살펴볼 수 있다. 소수민족들이 음악과 짧은 공연을 펼쳐지고 배는 복숭아 밭을 지나간다. 유달리 붉은 빛이 많은 꽃은 홍도화 일거라는 생각을 했다. 전통 베틀을 이용해 직접 베를 짜며 수공예품을 만드는 소수 민족들의 모습도 보여 주고 있으며 기념품 가게들이 있었다.

천하제일의 산수 계림 그중의 세외도원 비경 앞에서 이백이나 두보가 지었을 법한 싯구절을 흉내 내 보았다.

자연을 무대로 한 공연은 보는 동안 빨려 들어가는 듯했다. 인상 유삼저는 유씨네 셋째 딸이 지주들의 유혹을 이겨내고 사랑하는 목 동과 결혼한다는 이야기를 담았다. 그런 이야기 거리가 없는 우 리집 세째 언니도 공연을 잘 보고 왔다. 중국 영화의 거장 장예모 가 기획하고 연출한 공연을 볼 수 있어 감사했다. 공연의 하이라 이트인 달의 요정이 등장해 초승달 위에서 춤사위를 펼치는 장면 을 찍을 수 있었다. 드넓은 호수와 병풍처럼 둘러싸인 거대한 산 을 무대로 펼쳐지는 웅장한 스케일의 공연은 수많은 관객의 이목 을 집중시키고 장예모 특유의 스토리를 풀어내는 상상력과 자연 은 조화를 이루어 보는 이들을 황홀하게 했다.

계림의 밤을 제대로 즐기기 위해서는 유람선을 타고 양강사호 를 돌아봐야 한다. 양강사호의 랜드마크 인 금빛과 은빛으로 빛 나는 일월쌍탑을 바라보며 다리를 통과하는 유람선을 탔다. 이강 과 도화강, 용호, 계호, 삼호, 목룡호로 이루어진 호수는 인공조명 을 받아 형형색색 빛나는 정자 성과 탑, 다리 등은 야경과 어우러 져 아름다운 자태를 뽐낸다. 이동 중 강변에 설치된 무대에서 각 종 공연과 악기 연주가 펼쳐지고 강 위에서는 계림의 독특한 어 획 방식인 가마우지 낚시의 생생한 장면을 밤에도 볼 수 있었다.

천하제일의 산수를 보고 비록 흘러간 물이나 물을 가두어 두었 던 강기슭, 이백이나 두보가 보았을 풍경중의 어떤 것을 나도 보 고 왔을 지도 모른다. 그들이 사랑했던 그 강을 실제로 보고 비

록 먼 날들이 흘렀어도 감정 한 가닥은 일치되고 있을 것이다. 달
이 물속에 비칠 때 시인의 가슴으로 쑤욱 들어왔을 풍경 하나에 마
음을 빼앗긴다 해도 어쩔 수 없는 일이다.

# Vietnam

# 태양이 문신 새길 때

심장 닮은 나팔꽃잎

바다로 뻗어 나올 때

태양 아래 뛰놀며

태양 말씀 몸에 새겼다

파도가 뱉어 놓은

하얀 말의 의미들

부서지며 사라질 때

그의 밀어 문신처럼 새겨 놓았다

## 사랑이 번지기 시작한 바닷가 다낭

작은 여행사를 하고 있는 대표와 다낭에 있는 쉐라톤 그랜드에 묵고 왔다. 별 아들이 엄마보다 편하게 소통하고 있는 그녀가 다낭에 있는 특급호텔이 펑크가 나게 생겼는데 버리기는 아까운 곳이라고 하며 연락이 왔다. 손님을 위해 예약된 방이었는데 어떤 이유로 지불한 방값만 고스란히 날아가게 되었다고 한다. 같이 가자고 했을 때 조금은 고민을 했다. 그리고 얼떨결에 '네' 하고 대답을 하고 여행을 따라 나섰다. 주중에 있는 사소한 약속들도 다 펑크 내버리기로 했다.

언제부터 페이스북에 그 호텔의 광고가 왜 떴는지 모르지만, 간다고 대답을 하고 보니 화려한 그곳이 실시간인 듯 자주 눈에 들어 왔다. 저렇게 긴 수영장이 있단말야?

다낭의 쉐라톤 그랜드 호텔에서 4박 5일간 보냈다. 다낭에 와서 호이안에 야간 투어만 나갔다 왔고 거의 대부분의 시간을 호텔에서 보냈다. 긴 수영장이 있고 아침 일출까지 볼 수 있는 근사한 호텔이었다. 수영장 끝에는 모래사장이 있고 바다와 연결되어 있었다. 호텔방에서 수영장이 보이고 베란다에 서면 바다까지 한꺼번에 눈에 들어오는 곳이다.

두 시간 동안 아침을 먹으며 이야기를 하고 긴 수영장을 바라보았다. 야자수 아래 야외 침대에 누워 코코넛을 통으로 마시며 삶의 이야기를 나누었다. 그녀의 소설 같은 긴 인생이야기도 들었다. 물속에서 숨쉬기가 어렵다고 해서 임시 수영강사가 되었지만 능력부족으로 끝내 숨쉬기를 터득하게 하지는 못했다.

 삼일 째 되는 날은 챙이 넓은 모자를 벗고 수영모자와 수경까지 챙겨 쓰고 도전을 했다. 긴 수영장의 끝까지 헤엄쳐서 가기로 했다. 200m 보다 넘는 듯 했으나 자세한 길이는 찾아보지 못했다. 수영장을 가로로 건널 때는 자유형과 배영으로 놀다가 세로의 긴 수영장은 평형으로 헤엄쳐서 건넜다. 예전 여행 때 보았던 북한과 중국 사이를 흐르던 두만강보다 긴 거리 같았다. 두만강을 바라보며 헤엄쳐서 건널 수 있겠다 했던 기억이 났다. 그리고 그때 중국 쪽에서는 엄청난 철조망을 세우던 기억이 난 것은 긴 수영장의 길이 때문이었다. 수심이 120cm로 일정하니 빠질 염려가 없다는 것도 시도를 하게 된 계기일 것 같다. 중간에 다리가 두개나 있는 수영장을 끝까지 헤엄쳐 갔다. 생각들이 치고 들어올 때는 발을 바닥에 내려놓고 싶기도 하는 것을 보며 마음 작동을 느꼈다. 생각들을 버리고 오로지 헤엄만을 치며 앞으로 나가니 긴 수영장을 어렵지 않게 건너왔다.

 발이 땅에 닿지 않는 것을 아는 순간부터 마음은 겁을 집어먹고 엉뚱하게 두려움을 불러온다는 것도 이제는 안다. 우리의 마음 즉, 에고는 자신의 의지대로 나를 조정해왔던 것을 아는 지금은 그것들의 작동을 바라보는 습관이 생겼다. 항상 내 안의 나를 바라보며 무슨 일이 벌어지는 것을 보았다. 마음이 나 고유한 나 위에서 군림하는 것을 바라보면 그것들이 꼬리를 내리고 고요해지는 것을 볼 수 있게 되었다. 모든 것들은 흐르는 대로 따라 흘러가는 것이다. 단지 흘러가는 과정에서 지금 내가 사용하고 있을 뿐, 현재 내가 가지고 있다고 하는 것이 다 내 것이 아님을 안다. 몸에 힘을 빼고 천천히 주위를 바라보면 많은 감사함이 가득찬 것을 알게 된다. 끌림의 알아차림으로 사람들과 만나고 몸이 말하는 것을 들으려 한다.

아침 바닷가를 걸었다. 맨발로 걷는 모랫길에 파도가 다가오며 말

을 걷기도 한다. 부서지는 파도가 하얀 말들을 뱉어놓은 것들이 사라질 때 또 다른 언어들이 다가온다. '바람이 분다……. 살아야겠다' 폴 발레리의 시 '해변의 묘지'와 '바다의 묘지'를 설명했던 스페인 시 수업이 생각났다. 야자수 나무 아래 나팔꽃 닮은 메꽃?이 모래위로 기어 나온다. 보라색 나팔꽃이 피어있는 집 앞을 생각나게 하는 사막에 피는 나팔꽃이 모래위로 듬성듬성 땅을 짚고 바다로 뻗어 나오고 있다. 심장의 하트 닮은 잎들 위에 분홍색 나팔꽃이 피어 있다.

태양이 내 몸에 문신을 새기는 동안에 나는 무지개 드레스를 입고 있었다. 야자수가 서 있고 바다는 방금 무지개를 탄생시킨 듯 나는 파도의 거품위에 서 있었다.

아침잠이 일찍 깬날 붉게 달아오른 여명을 보고 바다로 달려갔다. 일출을 보고 긴 해변을 걸었다. 그녀는 바다가 건져 올리는 일출을 처음 본다고 했다. 당연히 맨발로 걸었다. 북한산 어씽 대신 바다를 산책했다. 북한산을 맨발로 걷던 발이 상큼하게 파도와 노는 모양을 보는 것도 즐거웠다. 모래밭에 심은 발바닥 나무처럼 성큼성큼 걸었다. 뻗어가는 나팔꽃 줄기처럼 북한산의 기운과 바닷물이 만나는 시간이다.

저녁 어스름에 다시 바닷가로 나가서 파도타기를 했다. 바닷가 모래위에 그녀는 그동안의 아픔을 적듯이 '괜찮아'를 적었다. 파도가 달려와 지운다.

'괜찮아'

파도가 달려와 그녀를 한번 어루만지고 또 지웠다.

첫째 아이 훈이가 초등학교 2학년 때 썼던 지우개라는 동시가 생각났다.

파도는 지우개가 되어 글자들을 지웠다.

긴 해변에 발가락으로 쓴 내면의 소리를 파도는 흔적도 없이 지워가고 그녀의 아픔도 씻겨가고 있었다.

나는 언제나 처럼 '사랑해'를 적었다.

'사랑해'

파도가 또 얼른 지우며 걷어가 바다에 풀어 놓았다

사랑이 번지기 시작했다

태평양 대서양 사람들이 붙여준 이름 없이도 모든 바다에 마른 불길보다 빠른 속도로 번지고 있었다. 바다는 전해질 그것들로 만들어진 것들이라 바다가 사랑이 되었다.

사랑을 적은 발가락이 꼬물꼬물 거렸다.

내가 잘 했다며 토닥거려 주었다.

별똥별 하나가 바다로 풍덩하는 것을 순간에 보았다.

사랑이 하늘과 연결되는 순간이었다.

그곳에 가서야 알게 되었다.

이 여행의 그 어떤 이유의 시초는 결국에는 나였음을. 매듭을 만들어준 원인 자리의 단초는 내가 만든 것이었다. 쥘수록 빠른 속도로 손아귀에서 빠져나가는 물, 모래, 사랑은 꽉 쥐면 사라지는 공통점이 있다. 모든 일들에 보이지 않는 끈들로 엮여 있다는 생각이 들었다.

둘이는 가끔씩 패션쇼를 하듯 입고 나와 사진도 찍었다.

나중에 어느 한 순간에 보면 그때에 지금을 그리며 추억하고 있을 거라며 웃었다.

비행기를 타고 가며 공중에서 만들어진 360도 둥근 무지개를 보았다. 물방울 알갱이들이 태양과 만나 조화를 부리고 있었다. 하나의 분리 없이 우리 모두는 연결되어 있다. 반짝이는 사랑에너지가 실핏줄처럼 연결된 하나를 본다. 이 행성의 시작은 그리고 이 삶의 여행도 나였음을 조그맣게 느끼고 알아가며 내가 알고 있는 모든 존재들에 감사함을 전한다.

## 천산 산맥

태초의 하늘 결 살아 산맥에서 뻗어나간

하얀 실핏줄의 등줄기

천산 산맥 한 귀퉁이 잡고 흔들며 네 이름 부른다

정녕 너는 이 땅에 속하지 않은 산인가

붕새 되어야 날 수 있는 산을

비행기 날개만 빌려 품고 보니

태산 같은 당신 내 품에 안긴다

하늘의 끈으로 이어진 산맥

만년 설산 위의 하늘이 지구의 맥 짚으며

꽁꽁 싸매고 있는 이야기들

뜨거운 시선의 태양이 비치면

생각과 의식 되살아나 너를 노래할 수 있겠다

# 만년설의 천산 산맥이 펼쳐져 있는 **알마티**

중앙아시아의 광활한 대자연, 세계에서 가장 큰 내륙나라, 얽매이지 않는 사람들의 나라, 사시사철 천산 산맥의 만년설을 볼 수 있는 카자흐스탄의 옛 수도 알마티.

만년설 녹은 물이 알마티 시내를 통해 흘러가고, 가는 곳 어디에서나 설산이 지켜보고 있는 여행길. 비행기에서 보았던 끝없이 이어진 눈 덮인 설산이 그곳에 연결되어 있었다.

여행기간 내내 맑은 날 주신 천산의 어머니 수호신께 감사를 드린다. 침묵으로 이어진 날들에 점을 찍으며 고마운 마음 천산의 고요 속에 나를 두고 왔다.

고요 속에 나를 두고 싶은 날 꺼내볼 설산하나 담고 왔다.

첫날은 고려인 협회와의 미팅이 있었다. 고려인 100주년인 2023년, 기념으로 나온 달력과 고려일보 신문을 받고 고려인과 함께 진화하는 오방힐링 여행팀의 여행이 시작되었다. 다음날 차린 캐니언으로 떠났다.

차린 캐니언 가는 길에 만난 야생파 이야기도 흥미롭다. 1200만 년 전 자연의 힘으로 지어진 곳으로 오랜 세월의 침식과 풍화작용으로 만들어진 여러 모양의 암석들이 즐비했다. 154키로 미터 중에 협곡 사이의 트레킹은 6키로 미터만 트레킹 코스로 개방되어 있다. 위에서 보는 절경과 아래에서 보는 절경을 같이 경험해 볼 수 있었다. 붉은 사암지역을 지나 검은색 바위 절벽이 나오고 차린 강에 도착했다. 설산에서 눈이 녹은 물에 발을 담갔다. 정신을 번쩍 들게 하는 찬 기운이 이 땅에서의 선물 같은 삶에 감사하는 시간이다.

춘자 지역 에코파크 리조트 온천에서 아이처럼 물놀이를 했다. 아침에는 태양빛에 물안개가 피고 있는 온천에서 태양명상을 했다.

트루겐 계곡에서 설산에서 내려오는 물이 모여 있는 곳에서 송어낚시를 했다. 낚시는 좋아하지 않는 놀이라 그냥 사진만 찍다가 그래도 "흐르는 강물처럼"의 그것처럼 한번 해보고 싶어졌다. 미끼로 지렁이는 싫고 옥수수를 끼워서 물속에 던졌다. 누군가는 송어를 낚았고 나는 낚싯대를 다른 사람에게 주고 설산을 배경으로 사

진을 찍었다. 그러다가 다시 낚싯대를 잡았는데 눈먼 송어가 잡히고 말았다. 놀라기도 하여 소리를 지르며 날뛰는 소리에 잡힌 송어도 놀란 것 같았다. 미안한 일이지만 그렇게 되었다. 송어 매운탕과 송어 튀김도 맛있었다.

곰 폭포까지 트레킹 그리고 통신이 되지 않는 트루겐 계곡의 산장에서의 반야체험 등의 하룻밤도 잊지 못할 추억이다. 빼곡히 반짝이는 별들 속에 북두칠성이 반짝이며 국자를 내려놓았다. 나는 밤 사이 국자를 타고 별 여행을 했을지도 모른다.

오는 길에 들린 황금인간 박물관이라 불리기도 하는 국립이식역사문화 박물관 앞에 야생 튤립이 피어 있다. 고분의 봉분들 너머로 광활한 설산이 펼쳐져 있는 그곳을 걸었다. 이 나라의 역사가 인류의 발자취가 느껴진다.

다시 알마티로 돌아와 천산 배경의 도시를 찍고 우리의 남산 같은 콕토베에 케이블카를 타고 올랐다. 회전관람차를 타고 천산과 어우러진 알마티 시내를 보았다. 석양과 함께 바라본 알마티 시내가 포근하게 보인다.

호텔에서의 마지막 밤 오랜만에 페북을 보니 페북 댓글 꼬리에 달린 친구가 알마티에 있다고 했다. 잠자기 전에 카톡을 했다. 우리는 그 다음날 저녁에 집으로 돌아간다고……. 친구가 커피 한잔이라도 하면 좋을 텐데 했다. 집이 로얄 튜울립 호텔에서 10분 거리란다. 그렇게 아침에 친구를 만나고 커피를 마셨다. 내가 잊었던 나에 대해 이야기 할 때 나는 추임새를 넣으며 좋아했다. 오방 여행 팀 원장님이 전에 내가 그랬었다는 이야기에 못 미더워 하시다가 인정하는 눈치다.

그동안 알차게 다닌 카자흐스탄 마지막 날은 침블락과 알마티 시내 관광을 했다. 알라타우 산기슭에 자리한 중앙아시아 최고의 스키 리조트 침블락, 메데우에서 곤돌라를 타고 올라가 천산 산맥 눈 위에 앉아보기도 했다. 3200m까지는 케이블카 3번을 갈아타고 올랐다. 아직 스키를 타고 있는 스키어들을 만나니 설레기까지 한다. 만년설과 빙하가 햇살에 반짝인다. 너무 좋아 벙글벙글 카메라가 날뛴다. 설산 카페에서 더블 에스프레소를 주문해서 마셨다. 삼성 LG 현대 광고 싸인판이 반갑다. 천산 산맥의 설산 중간에 있는 카페에서 태양은 빛나고 순간순간 붙들고 싶은 시간이었다.

중앙박물관에서 알아본 유르트와 역사공부를 열심히 하고 롯데 초콜릿 상점에 들어갔다가 동전이 남았다. 재래시장으로 가는 길에 동전을 없애기 위해 길거리 상점을 기웃거리다 씨앗봉지를 보았다. 동전을 다 주고 씨앗봉지 두개를 샀다. 옆에 사람이 카레이스키라고 말했다. 할머니의 얼굴에 고려인이 보였다. 통하지 않는 언어 속에 할머니의 한국말이 나왔다. 오랫동안 사용하지 않은 언어 세포 속에서 나온 말이었다. 뭉클했다. 할머니가 씨앗봉지 하나를 더 주며 미소를 짓는다. 강제 이주의 삶, 김순 작가의 [떠도는 땅]을 읽은 적이 있다. 그곳에서 가져온 씨앗을 심어야지. 씨앗이 자라며 생각들도 자라날 것 같다.

판필로프 28인 공원에는 전쟁에서의 희생과 명예를 기억하는 의미로 꺼지지 않는 불꽃이 타고 있고 그 앞에는 붉은 꽃들이 놓여있다. 근처에는 세계에서 2번째 높은 목조 건물인 러시아 정교회 성당인 젠코브 러시아 정교회 성당은 세계 8대 목조 건축물은 아름다웠다.

저녁식사로 간 이모네 한식집에서 친구를 또 만났다. 초등학교 시절의 나를 기억하는 친구를 그것도 지구 다른 저편에서 만난다는 것은 신기한 일이었다. 명동 거리 같은 아르바트 젊음의 거리를 같이 걸었다. 참 좋다고 한다. 초등학교 친구를 훌쩍 만나기도 하고……. 그렇게 알마티에서 여러 사람들을 만나고 여행은 세상은 흘러간다.

만년설을 이고 있는 산봉우리, 천해 자연이 어우러진 아름다운 고장, 천산 산맥의 설산과 만년설이 만들어 낸 강이 흐르고 있는 땅, 위대한 대자연의 힘을 통해 인류의 역사를 나를 발견하는 시간이 되었다.

India

# 시마여!

그대 오소서

어둠이 숨죽이고

한량한 때를 틈타

오소서

박쥐의 눈들은

어느 신전에나 붙어 있어

숨죽이고 날개를 펼치소서

새벽이슬 깨기 전

별들이 노니는 동안

내 곁에 머무소서.

## 어둠에 대한 명상

별빛도 스며들지 않는 어둠속에 나를 가두어 둔 적 있다


한번 단 한번이라도 완벽하게 어둠과 마주한 적 있는가!

물어보며 뚫어지게 응시한다

동그란 눈을 뜬 어둠이 나를 바라볼 때

눈먼 부엉이도 눈을 뜨고 노려보겠지

형형하게 빛나던 거리의 검은 눈들이

어둠의 검은 옷자락 휘감고 춤춘다

번쩍이는 휘장에 눈 휘둥그레지고

감으나 뜨나 똑 같은 검은 옷은

쉽게 제 모습 드러내지 않고 그 속에 숨어 있다

점 하나의 빛도 새어 나오지 않는 공간 속

동굴 속 파고 들어가 헤집고 들추는 순간

빨주노초파남보 엉겨 발부둥친다

가느다랗게 엉겨있는 실타래

검은 보자기에 싸여 있다 나온 색의 편린들

번쩍 내 눈과 마주친다

완전하게 검은 그리하여

어둠속에 내 안의 나를 넣어

그 속에서 모든 것이 검게 용해되어 버리는.

밤을 견디는 힘 지닌 어둠은

신비한 새벽의 양분


어둠은 잉태의 시간이다

## 어떤 힘이 나를 인도하여 이곳 인도에 이르게 했을까? 푸네

델리에 도착하여 입국심사를 받았다. 입국 수속은 꽤나 까다로운 듯했다. 안경을 벗어야 했고 열 손가락이 다 동원 되었다. 왼쪽 네 개 오른쪽 네 개 그리고 나머지 엄지손가락 두개까지 꾹 눌러서 내 흔적을 남겨야 했다. 델리에서 푸네로 가는 국내선 비행기로 갈아타고 푸네 하얏트 호텔에 도착했다.

푸네는 인도 서부 마하라슈트라 주 중서부, 물라 강과 무타 강의 합류점에 있다. 뭄바이에서 동남으로 200킬로미터 떨어져 있으면서 고산지대라 날씨가 서늘하다. 마라타족의 문화 중심지이다. 현재는 대중적인 관광 휴양지로서 서늘한 기후와 역사·종교 유적, 박물관, 공원, 호텔, 문화적 관광자원 등이 갖추어져 있다. 이런 지리적 환경으로 영국 식민지 시절에는 영국인들의 휴양지였다. 인도 제일의 교육도시 푸네는 인도의 전 총리 네루가 인도의 옥스퍼드, 케임브리지라고 칭할 만큼 오래 전부터 주요한 교육 중심지이다.

펜(P.E.N)은 글을 쓰는 사람들이 모인 세계적인 문학단체이다. 글이라는 것도 사람들의 인식을 어떤 특정한 언어로 잡아둔 것이다. 이것은 자신의 인식을 많은 사람들이 함께 공유할 수 있는 도구인 것이다. 마음을 흔드는 글 그리하여 그 내면에 숨어있는 영혼을 꺼내는 글을 쓰는 것이 작가의 사명이며 숙명일 것이다. 영혼이 흘리는 눈물을 본 적이 있다. 전정으로 목이 메게 그 영혼이 기뻐하는 환희를 눈물을 통해서 본 적이 있다. 글 쓰는 사람 즉 작가는 그런 일을 해야 하는 존재다. 생각을 행동으로 옮길 때 사람들은 경이의 눈빛으로 바라본다. 그때 치고 들어오는 다른 방해꾼을 본다. 길들어진 에고는 항상 창을 들고 먼저 막아서고 본다.

호텔에 들어올 때 검색대가 있었다. 공항을 들어갈 때처럼 말이다. 정문에는 커다란 철문이 가려져 외부 세계와의 차단 벽이 있다. 누구나 자유롭게 드나드는 공간이 아닌 곳이다. 그곳에 왔던 사람이 나가는 것은 자유로우나 누구나가 올 수 있는 공간은 아니었다. 보이지 않는 계급이 가로 막고 있다. 어쩌면 어쩔 수 없는 일일 것이다.

모르는 곳에 가기 위해서는 나름의 노력과 투쟁이 필요한 것이다. 그런 것도 끌림의 작용이라 할 수 있을 것이다. 누군가의 생각을 읽는다는 것이 글 읽기이다. 글을 읽는다는 것도 하나의 체험을 하는 것과 같은 효과를 주기도 한다. 실제로 경험하지 못하는 체험은 글을 통해서 터득하는 것이다. 지금 이 순간에 머문다는 것이 얼마나 좋은지를 알아가는 중이다.

## 아가칸 궁과 국립 간디 기념관

간디의 유해가 있는 추모공원에서 기도를 했다. 그 곳이 사마디 장소이고 바로 묵념을 하는 곳이다. 왼쪽의 묘석은 간디, 오른쪽은 간디의 부인의 것이다. 많은 인원들이 함께하는 행사였다. 펜의 주요 인물들이 들어가 꽃을 바치는 의식을 했다. 다른 행사들이 끝나고 나도 맨발로 그곳에 섰다. "Here rest the ashes of Mahatma Gandhi" (마하트마 간디의 유골, 여기에 잠들다) 간디의 유골이 모셔져 있는 석함이다. 그의 추모비 앞에서 망명북한펜이 포함된 같이 온 7명이 기념사진을 찍었다. 각국에서 온 작가들도 많은 행사였다. 위대한 영혼, 사람들은 그를 그렇게 불렀다. 한 영혼이 오직 지고한 한 곳에 이르기까지 얼마나 많은 내면과의 대화가 있었겠는가를 생각하며 그가 마지막에 머물렀던 아라칸 궁과 그의 유해를 화장한 추모공원에 잠시 머물렀다.

아가칸 궁의 현관에 마하트마 간디와 그의 부인이자 동지였던 카스투르바이 상이 있다. 기념관에는 간디와 그의 부인이 실제로 구금되었던 방이 원형 그대로 보존되어 있었다. 다른 방에도 생존할 당시, 실제로 사용했던 유품들이 전시되고 있었다. 독립 운동할 때 사용했던 인도 국기부터 시작하여 물레를 짤 때 이용했던 실 도구, 신발, 물병, 수저 그리고 의복까지 모두 원래 모습 그대로 보존되어 있었다.

이외에도 푸네에는 역사적으로 유서가 깊은 장소가 다양한데 그 중 몇 곳을 소개한다.

## 샤니와르 와다

찬란했던 마라타 왕국의 모습을 관찰할 수 있는 "샤니와르 와다"는 1736년, 푸네의 중심 지역에 축조되었다. 페슈와 당시 궁전은 공권력의 상징이 되었으며 보다 중요한 의미로 자리잡게 되었다. 당시 샤니와르 와다는 도시의 중요 랜드마크로 도시 어디에서나 쉽게 볼 수 있었다. 그러다 1827년 화재로 궁전이 피해를 입었고, 2주간 지속된 화재는 궁전을 전소시켰다. 현재는 윤곽만 남은 옛 건물 터이지만 현지 관광객들도 많이 방문하는 대표적인 역사 유적지이다.

## 다샨 박물관

현대 영적 지도자 Sadhu Vaswani의 삶과 가르침을 기록한 Darshan 박물관은 푸네에서 인기있는 명소이다. 영성에 관심이 있는 사람들은 큰 관심을 가질 곳이며, 같은 건물에 위치한 자선 단체가 있다.

## 라자켈카르켈카르 박물관

인도에 있는 박물관중 가장 독특하고 흥미있는 이 박물관은 딩카르강가드하르의 개인소장품이다. 일용품 수집에 일가견이있었던 켈카르의 사후 그의 자식들에 의해 조성된 이 박물관은 지상에 몇개 없을것 같은 일용품들을 전시하고 있다. 사리, 악기들, 물파이프등 물건의 종류도 정말 다양하다. 푸네의 수호신은 가네쉬라 믿어지고 있는데 그곳에 나름 귀여운 모습의 가네쉬신 상이 있다.

## 파바티 언덕

해발 2100 피트로 상승하는 언덕, 도시의 남부끝에 자리잡은 파바티 언덕은 푸네에서 인기있는 관광 명소이다. 108개의 돌계단을 통해 오르면, 불어오는 상쾌하고 신선한 공기와 더불어 아름다운 도시의 전경을 볼 수 있다. 시바, 가네쉬, 비쉬누와 카티케야등의 4개의 사원군이 있다. 파바티사원은 페쉬와 왕의 개인 사원으로 사용되었다. 또한 고대 그림, 고본, 고대무기와 동전등을 전시하고 있는 파바티 박물관이 있다.

## 푸네, 오쇼 아쉬람

펜대회에 참석하셨던 분들은 다 떠나고 혼자 명상센터에 들어왔다. 오래전에 오쇼 라즈니쉬 책을 접하고 그의 책들을 찾아서 읽었던 적이 있었다. 그리고 그의 책들은 내 영혼의 거름이 되었고 시간이 지나면서 잊혀졌다. 푸네를 오게 되었고 그의 명상센터에 들어왔다. 이곳에서는 여러 종류의 명상들이 하루종일 빼곡하게 진행되고 있다. 푸른 대리석이 바닥에 깔려있는 오쇼 오디토리움은 웅장하고 화려하다. 피라미드가 세워진 그곳 가운데에 자리를 잡고 앉았다. 새벽6시에 시작하는 오쇼 다이내믹 명상때는 세수도 않고 명상복을 입고 오디토리엄으로 갔다. 푸른 대리석은 차갑기가 발바닥을 놀라게 한다. 오쇼 저녁명상은 모두가 흰 명상까운을 입고 6시 40부터 두시간에 걸쳐 명상을 한다.

장자방을 들어갈 때는 바구니에 가득 들어있는 동글동글 말린 하얀 양말을 신는다. 인터넷 어디에선가 '흰 양말을 신는 것은 흰 대리석을 보호가기 위해서' 라고 적힌 것을 본 것 같았다.  한 사람도 같은 사람이 없는 얼굴색도 다르고 성별도 다르고 인종도 다르다.

osho never born osho never die

지구에 잠시 머물다 갔다. 1931 1990

장자방에 이런 글귀에 붙어 있는 거울로 만들어진 그곳이 무엇일까 궁금했었다. 그곳이 그가 묻힌 곳이라고 한다. 수만 권의 책들이 빼곡히 꽂혀있는 책장에 영국낭만시인들의 시집이 꽂혀있다. 저녁 잠자리에서 시마를 불렀다.

나는 무엇을 경험하기 위해 이곳에서 서성거리는가!

내가 이곳에 온 것에는 분명한 이유가 있을 것이다 누가 뭐라해도 나만이 알 수 있는 느낌을 따라왔던 것처럼 이번에도 어떤 이유가 나를 이곳에 있게 했을 것이다.

바람이 분다. 산들거리는 바람이 아닌 큰 바람이다.

명상 중에 비가오고 천둥이 쳤다. 명상과 어우러진 퍼포먼스가 하늘에서 이루어진 듯하다. 게스트 하우스까지 오는 길은 멀지 않다. 검은 대리석으로 깔려진 길에는 낙엽들과 나뭇가지들이 즐비하게 떨어져 있다. 나는 맨발로 걸었다. 손에 샌들을 들고 젖은 검은 대리석을 걷는다. 북한산 어씽이 생각나는 밤이다. 200여명이나 될까 그 많은 사람 중에 한국 사람은 없는 듯했다.

장자 홀에서 고요하게 앉아 있는 시간 나타라즈 명상은 오디토리움에서 있었다.

저녁에 장자 홀에서 열린 구리샹카 명상을 다녀왔다. 저녁 명상때 울리던 천둥번개에 많은 나뭇가지들이 부러지고 나뭇잎들이 떨어져 있었다. 광폭한 천둥번개가 자신의 무서운 힘을 과시하듯 고목들을 쳐서 넘어뜨렸다. 아름드리 꽃나무 부러뜨린 자리 붉은 피 흘린 자리 강렬한 명상이 하늘에 닿았다. 아름드리 나무 부러진 자리 어린 싹이 자라고 있겠다.

나다브라마 명상은 허밍으로 인한 진동이 가득 채워진 속이 텅 빈 그릇이 소리를 낸다. 허밍은 속이 텅 빌 수록 맑고 고운 소리가 난다. 허밍 텅빈 몸이 내는 소리에 손이 춤춘다.

월링명상은 내가 팽이가 되어 돌고 돈다. 팽이가 돈다. 넘어지지 않고 팽이로 돌 수 있는 것은 깨어 있는 정신으로 나를 바라보는 시선이다. 정지된 지켜봄만이 남아 있고 세상은 돈다. 에너지의 소용돌이 속에 팽이는 돌아가며 중심부는 고요하다.

팽이가 되어 돌면서 알아차린 것이 진화되었다. 팽이가 되어 한 방향으로 돌고 돌며 시선은 내 손끝에 두었다. 그것이었다. 세상이 빙글빙글 돌아도 손끝을 주시하며 깨어 있을 때, 한쪽으로 계속 돌며 손끝을 응시하며 속도를 조절하고 그대로 빙빙 도는 팽이는 가끔 뒤뚱되기도 했다. 이제 알았다. 손끝을 바라보다 방향을 바꿀 때 다른 손끝을 바라보면 즉시 방향 전환이 된다는 것이다. 몸은 한쪽 방향으로만 돌지만 좌우 방향으로 즉시 바꿀 수 있는 장점이 있는 알아차림이 명상에서 터득한 한가지다. 알아차리는 것에도 단계가 있다. 나에게 명상은 작가가 되는 준비운동인 것이다.

검은 바닥의 물은 위에 있는 대상을 그대로 비추고 있어 사람들이 걸어갈 때 그대로 반영이 된다.

어둠의 속성 암흑의 핵심 처음에는 너무 어두워 어둠이 숨어있는 것을 보지 못했다.

명상은 알아차림이다. 명상센터에 와서 처음으로 명상이 알아차림이라고 알게 되었다.

깨달음은 깨어있는 상태 또렷하게 알아차림의 상태인 것이다. 오쇼는 붓다 예수 장자등 어쩌면 그가 탐구했던 성인들의 이름을 그곳에 방이름으로 붙여 두었다.

푸네에서의 어느 월요일 아침, 의식의 개입을 멀리하고 명상복을 입고 명상센터로 갔다.

다시 서울로 돌아왔다. 삶의 분주함이 깃든 일상으로 돌아왔다. 하지만 그것은 명상센터에 오기전과는 다른 일상이었다.

Philippines

# 자명고

누에는 입에서 지구를 감을 만큼 실을 뽑아 고치를 만든다

나는 펜 끝으로 실을 뽑아 글로 풀어가야 한다

한반도는 누에 형상으로 누워 있고

도솔천궁 석종도 누에 형상으로 있다

내 안의 사랑 시작되는 가슴 속 그곳에서

사랑의 씨앗들 글로 살아나 펼쳐지는 것

스스로 우는 북

나는 자명고다

사랑 위해 찢은 자명고

한 땀 한 땀 다시 꿰매어

맑고 청아한 음악으로 흘러야 한다

누에가 실을 뽑아내듯

내 안의 것들로 사랑의 시를 쓰고

세상을 깨워 울리는 율여가 되어야 한다

수 없는 꽃 다투어 피어났다

땅속 씨앗들 꽃 피워내듯 내 안의 꽃들 피어나는 봄

세상 만물 존재가 깨어나는 봄이다


천지인을 깨워내는 것이 사람의 사랑이요

사랑이 깨어나 태양 같은 빛이 되고 꽃이 된 봄이다

봄 春


셀 수 없는 만큼의 꽃들 가슴에 담았다

태양 빛에 황홀했다

이제 내 차례다

사랑 주머니 열어 세상에 뿌려야 한다

주머니가 잘 열리지는 않지만

더 순수해지고 맑아져서

지혜의 빛으로 한 땀 한땀 세상에 수놓아야 한다

내가 빛이 되고 물이 되어 꽃을 피우고

가슴의 사랑을 펼칠 차례다

세상의 빛이 되어야 한다

시를 써야겠다

## 지상낙원 팔라완에서 시를 써야겠다고 왜 나는 결심했을까

    팔라완은 '숨겨진 지상낙원'이라 불릴 만큼 때 묻지 않은 청정자연으로 유명한 휴양지다. 필리핀 서쪽 끝에 있는 팔라완은 접힌 우산처럼 가늘고 긴 섬이다. 오염되지 않은 열대 자연과 순박한 사람들이 사는 매력적인 섬으로 1780개 크고 작은 섬으로 이뤄져 있으며 아름다운 해변에서의 휴양과 수많은 다양한 관광지를 즐길 수 있는 곳이다. 면적은 제주도의 7배. 동서 길이는 40km에 불과하지만, 남북 길이는 600km에 달한다.

## 우공락 어드벤처 (UGONG ROCK ADVENTURE)

우공은 '비어있는바위' 라는 뜻으로 바위 속이 비어 있어 두드리면 소리가 난다는 데서 유래한 이름으로 바위를 두드리면 울림을 들을 수 있다. 그곳의 바위를 두드려 보았다. 맑은 소리가 났다. 우공락을 오르며 바위를 두드렸다. 비어있기 때문에 소리를 낼 수 있는 돌이다. 비어 있어 담을 수 있고 비어 있어야 공명이 일어날 수 있음에 바위를 두드리며 바위산을 올랐다.

도솔천궁의 석종도 바위를 두드리면 소리가 났다. 그곳을 보고 와서 『자명고』라는 시를 썼다.

Welcome to VIEW Deck

Ugong Rock Zipline

가벼운 등산 코스로 깜깜한 바위 틈 사이로 비치는 빛이 선으로 그려지기도 하였다. 동굴 같은 바위를 타고 올라가기도 했다. 마치 전문으로 바위를 타는 사람마냥 줄을 잡고 오르기도 했다. 나무뿌리가 바위를 감고 있기도 하고 중간 중간 그물이 쳐져 있었다. 좁은 동굴을 통과하기도 하며 가이드와 함께 울퉁불퉁한 바위를 오르니 전망대 같은 넓은 장소가 나온다. 나름 산꼭대기 정상인 셈이다. 그곳에 뭐 대단한 모험을 했다고 "I survived" - "나는 살아남았다" 아니 "해냈다" 라고 적혀 있다.

　정상에서 바라보는 풍광은 온통 초록이다. 눈이 시원해지는 열대의 나무들이 우거진 산들 사이로 동네가 펼쳐져 있다. 녹슨양철지붕도 보이고 슬레이트 지붕 모양새다. 내려가는 코스는 짚라인이다. 네 가닥의 굵은 철선이 산 정상에서 아래로 이어져 있다. 뭉게구름이 하늘을 수 놓고 그 아래에 무논의 못자리가 있다.

## 사방비치

팔라완 휴양지의 정석을 볼 수 있는 사방비치이다. 체에 거른 듯 고운 하얀 모래에 많은 야자수들이 모두가 꿈꾸는 휴양지의 모습 그 자체를 보여준다.

## 지하강 국립공원

 필리핀 팔라완 여행을 한다면 꼭 봐야 하는 필수 코스가 있는데, 지하강 국립공원, UNESCO 세계 자연유산 등재와 세계 7대 자연경관, 람사르 습지 2084번으로 등록되어 있는 곳으로 여러 가지 화려한 수식어를 갖고 있는 세계에서 가장 긴 지하강이다. 하루 최대 1200명만 입장할 수 있는 특별한 관광명소인 지하강 국립공원은 단연 팔라완 여행의 하이라이트라고 할 수 있다. 이곳은 보호를 위해 하루 입장객 수가 제한되어 있는 곳이기 때문에 탐험을 위해서는 예약이 필수인 곳이다.

 사공 1명이 노를 젓는 배에 8~10명이 탑승하여 지하강을 둘러보는 코스인데, 배를 타고 가다보면 수만 년의 시간 동안 형성된 석회암 동굴과 대리석 절벽의 장관, 수정처럼 맑은 물이 만든 강과 호수의 경이로운 광경을 만나 볼 수 있다.

 필리핀 전통배 방카를 타기 위해서는 승선표를 작성해야 하는데 이름과 나이를 적어야 한다. 20-30분 방카를 타고 '세인트 폴 지하국립공원 천혜의 자연 경관을 만날 수 있는 팔라완 푸에르토 프린세사, 지하 국립공원 90% 이상이 사진에서 보는 카르스트 석회암 절벽과 능선으로 이루어진 아름다운 곳이다.

 지하강 국립공원은 팔라완을 대표하는 관광지다. 길이 8.2km의 세계 최대 규모 지하강이며, 유네스코 세계 자연유산으로 지정되어 더욱 가치 있고 특별하다. 지하강 투어는 카누를 타고 진행되며, 관광객에게 허용된 약 1.5km 코스를 따라 간다.

마카스는 긴꼬리 원숭이과에 속하며 이곳에 산다고 한다. 몸길이는 50cm 몸무게는 15kg도의 갈색의 마커스와 눈이 마주쳤다. 가이드의 설명에 눈을 마주치지 말라고 했는데 우린 그냥 대면 대면 지나갔다. 다만 내가 그를 내 카메라에 잡아넣어가지고 왔다.

주황색 안전모를 쓰고 입고 있던 방가에서 입었던 구명조끼를 그대로 입었다. 한국어 오디오북을 귀에 꽂았다. 어둠속으로 빨려 들어간다. 동굴 속에 사는 박쥐와 생물들을 보호하기 위해 카메라의 후레쉬는 쓰면 안된다. 다만 안내원의 불빛을 따라 다닐 수 있었다. 카메라의 감도를 높이고 후레쉬 불빛을 따라 셔터를 눌렀다. 동굴 안에는 마치 예술 조각처럼 아름다운 종유석과 석회암 절벽이 있다. 무료로 오디오 가이드북이 제공되고, 현지 가이드가 다양한 석회암 지형을 꼼꼼히 비춰주기 때문에 지하 동굴의 신비한 모습을 더욱 자세히 볼 수 있다. 박쥐의 배설물 냄새가 가득했지만, 바위에 조롱조롱 매달려 있는 박쥐를 보는 것은 흥미로웠다. 가는 불빛에 그림자가 제 몸보다 길게 늘어져 있다. 바위의 이름들도 다양하다. 바위로 이루어진 야채가게를 지날 때 오이도 호박바위도 나왔다. 박쥐의 배설물은 오랜시간 퇴적물로 존재하며 상당히 가치있는 요소들도 있는 듯 했다.

## 팔라완 혼다베이 아일랜드 호핑투어

　선착장에서 방카 배를 타고 혼다베이 투어코스로 이동하여 스노클링을 하고 루리 아일랜드로 갔다. 반이 넘게 물에 잠겨 있는 섬에서 작은 파도가 흔들어 주는 해먹에 누워 있던 한때는 꿈같은 시간이다. 야자수가 아름다운 섬 카우리 아일랜드에서 점심을 먹었다. 카우리 섬은 제법 큰 섬으로 섬 안에 매점 그리고 바나타보트도 운영되고 있었다. 그곳에서도 코코넛을 한통 마시고 왔다. 이 투어는 점심까지 모두 포함되어 있어 별도로 신경 쓸 일이 없이 하루를 보낼 수 있었다. 섬 곳곳이 아름답다.

　유네스코 세계 유산으로서 팔라완은 천국과 같은 풍경과 진귀한 볼거리로 가득하다.

Japan

# 노천온천 옆 자작나무

그 밤, 자작나무 숲이

야금야금 초승달을 삼키고 있을 때

흰 나무 토끼 눈 똑바로 뜨고 뛰고 있는 줄 알았다

수증기 검은 공기 다 차지한 듯 사방 뿌옇게 변해도

달을 먹고 있는 자작나무 흰 살결 숨길 수는 없었지

온천의 검은 대리석에 내 영혼의 껍데기 눕히니

별이 콕콕 박힌 이불 덮어 주는 줄 알았다

흰 나무 토끼도 별 이불 아래 누운 텅 빈 나의 껍데기 봤겠지

물속 걸어 나오니 차가운 공기가

칼날 들고 덤벼들었지!

별 가린 수증기 사그라지니

쏟아져 내린 별들

빈껍데기 몸속에 꼭꼭 박혀

별 씨 잉태한 내가 나무 토끼에게 안녕이라 했지

달 삼킨 자작나무가 흰 이빨 드러내고 웃고 있던 그 밤,

그 이후

자작나무에게 먹힌 달은 점점 배가 불러오고

자작나무는 아무 일 없었다는 듯

콧노래로 아침을 부르고 있었지

## 가을과 겨울이 공존했던 시간 **토마무 星夜 호시노 리조트**

 일본의 가장 북쪽에 위치하고 있는 홋카이도 삿포로는 언제 떠나더라도 매력적인 경관을 자랑하는 곳이다. 특히 겨울의 그곳은 오로지 단색만이 존재하는 곳이다. 온 세상이 흰색으로 칠해지기 전 가을의 절정이 꺾이기 전에 다녀왔던 가을과 겨울이 공존했던 시간의 장소였다.

 삿포로 최대의 시민 공원으로 동서로 길게 조성된 오도리 공원은 가을이 절정이었다. 삿포로 TV 타워 전망대는 147미터 철탑으로 가장 동쪽에 있으며 공원의 상징적 존재이다. 전망대 밑에는 전광 시계가 달려있는데 오후 3시를 알려주고 있었다. 공원 중심에는 화려한 꽃으로 장식한 정원이 있으며, 화단, 분수 잔디밭 등이 나란히 이어져 있다.

 붉게 타는 단풍이 아름다웠던 이곳은 일년 내내 다양한 축제나 행사가 개최되는데, 겨울에 열리는 삿포로는 축제가 유명하다. 단풍나무가 햇살에 제 빛깔을 유감없이 내는 모양이 '불탄다'는 표현이 맞을 것 같다. 낙엽에 뒹구는 개들도 있다. 공원에 개를 데리고 산책하는 사람들을 보며 안톤 체호프의 단편소설 『개를 데리고 다니는 여인』이 생각났다. 공원 끝자락의 건물은 홋카이도 구 도청 아카렌가 청사로 여러 종류의 전시가 있었다. 전시장의 가을 풍경 그림 앞에서 묘한 낭만이 일렁거렸다.

삿포로 역에서 토마무역까지는 열차를 타고 이동하였다. 삿포로에서의 가을 풍경이 채 가시지도 않았는데 열차 밖의 풍경 중에 나타나는 군데군데 눈의 흔적에 "가을에 눈이라니" 하며 눈을 좋아하는 친구는 들뜨기 시작했다.

토마무 리조트에서 가을과 겨울이 공존하는 시간을 만났다. 토마무의 호시노 리조트는 홋카이도 정중앙에 위치하여 토마무 산의 절경을 한눈에 볼 수 있는 곳으로, 가족여행으로 인기를 얻고 있는 시설인데, 겨울 스키가 유명한 곳이다. 숙소가 토마무리조트 타워동의 높은 층이었다. 시월의 마지막 날에 있는 할로윈 장식들이 이곳저곳에 즐비하다. 대형 호박이 전시되어 있고 할로윈 복장도 준비되어 있다. 나는 또 보라색 할로윈 복장을 찾아 입고 그 분위기에 취하기도 했다.

아침에 일어나 커튼을 열니 열린 입이 다물어지지 않았다. 유명한 운카이 전망대를 가지 않아도 리조트에서 바라보는 운해는 장관이었다. 노랗게 물든 낙엽송들과 급작스럽게 다가온 눈이 깔린 그 위에 천상의 기적 운해가 자리 잡고 있었다. 이 글을 쓰며 그 아침의 숨 막힐 듯 아름다운 풍광 중의 일부를 다시 떠올리게 되어 기쁘다.

리조트 내에는 일본 출신 세계적인 건축가 안도 다다오의 작품으로 '물의 교회'가 있는데 젊은이들의 결혼식 장소로도 인기가 많은 곳이다. 밤이라 물에 비친 불빛과 그곳에 서 있는 십자가는 자연과 조화를 최선으로 하는 그의 건축물을 즐기는 한 방식으로 특별한 볼거리를 제공하고 있었다.

대자연 속의 물놀이장·노천온천은 리조트 내를 다니는 버스를 타고 갔다. 미나 미나 비치는 일본 최대 실내 파도 풀장으로 길이가 80미터, 가로 30미터에 이른다. 따뜻한 물에서 파도타기를 경험해 볼 수 있다.

기린노유 노천탕은 몸과 마음이 치유되는 곳이다. 초승달이 떠 있고 별들이 빼곡히 박힌 그곳에서 따뜻한 온천과 찬 공기가 만들어낸 수증기가 뿌연 안개처럼 못한적이었다. 노천탕에 몸을 맡긴 채 주변을 둘러보니 캄캄한 밤에 사방이 온통 하얀 자작나무숲이었다.

리조트에 있는 다양한 레스토랑 중에 니니누푸리 레스토랑은 3층 높이의 통유리로 설계된 뷔페 레스토랑이다. 창밖으로 전나무 숲이 펼쳐져 있어 아침을 먹는 것이 풍경을 먹는 것인지 구분이 어렵다고 다며 창밖을 보는 재미가 음식 맛을 더해 준다.

트레킹으로 근처 스키장이 있는 산을 사각거리는 눈을 밟으며 올랐다.

자작나무와 삼나무가 어우러진 곳이다. 시즌에 운행하던 스키 리프트가 멀뚱히 서 있다. 우리는 스키 슬로프의 한쪽 정상 아래에서 길인 듯 한 곳의 숲으로 들어가 한참을 걸었다. 쭉쭉 뻗은 나무들 사이로 썩은 고목들이 운치 있게 버티고 있었다.

"곰이 나올지도 몰라." 동물의 발자국이 보인다고 하며 앞에 간 친구가 말하며 돌아가야 할 것 같기도 해 하다가 잠시 어떻게 할 것인지를 상의했다. 되돌아가기에는 너무 많이 왔다는 생각과 조금만 더 가면 옆에 터진 공간이 나올지도 몰라 하며 그냥 가는 것으로 결정했다. 산죽이 낮게 깔려있고 아직 녹지 않은 눈이 산죽에 흰 줄무늬처럼 붙어 있다. 신발에 눈이 묻어 젖어가기 시작했다. 머릿속으로 다음 슬로프가 나올 것이라는 생각으로 오른쪽으로 내려가면서 걸었다. 금방 나올 것 같은 길은 좀처럼 나오지 않고 남아있는 해의 길이는 점점 짧아지고 있었다. 길은 보이지 않고 깊어만 가는 듯했다.

그리고 우리는 길을 잃었다. 내려가면서는 아예 길이 없어지고 산

죽만 깔려 있었다. 서서히 두려움이 깔리기 시작했고 즐겁게 노닥거리던 대화가 뚝 끊겼다. 자작나무의 허연 몸통과 푸른 하늘 흰 구름 그리고 오직 사각거리는 산죽의 스침만 남았다. 길이 끊어진 심상찮은 계곡을 발견하고 "다시 올라가야 할 것 같아." 하는 친구의 목소리가 들린다. 하지만 내려가서 다시 보니 홍수로 끊어진 길이었다. 드러누운 나무의 외나무다리를 조심조심 건너서 내려왔다.

그러다가 그렇게 찾아 헤매던 숨어있던 길이 발견되었다. 그 길은 스키를 신고 다니는 크로스 컨츄리 길이었다. 길을 따라 걸으니 금방 행복해진다. 오는 길에 만난 커다랗게 드러누운 자작나무는 다닥다닥 버섯을 달고 있었다. "이건 분명 값진 버섯일 거야." 하며 여유를 부리며 몇 개를 따기도 했다. 나중에 말굽버섯이란 것을 알았다.

긴장감 넘치게 움푹진푹한 눈 속을 걸으며 가을과 겨울을 만끽했던 하루였다. 노랗게 물이든 자작나무 숲과 파란 잔디 위에 흰 눈까지 눈이 시리게 아름다운 풍광 속에서 온전한 휴식을 즐길 수 있었다. 친구 덕에 나팔을 불게 되었던 아름다운 시간이었다.

토마무가 적혀있는 한자를 보니 성야星野 즉 별 벌판인 것 같다. 별을 좋아하는 나는 별 밭에서 노닐던 날들을 잊을 수 없다. 큰선물을 받은 것 같은 여행이라 이맘때면 늘 생각나는 곳이다.

## 젊음은 오래 거기 남아

윤동주 시인이 다닌 릿교대 정문을 들어서면

좌우로 두 그루 나무 서있다

푸른 잎으로 젊음을 일렁거리는

삼각뿔 모양의 히말라야시다 이다

그 나무가 100년을 넘었다면

분명 그를 보았을 것이다

그는 어떤 걸음을 걸었을까


그곳에서 쓴 〈쉽게 씌어진 시〉

"대학 노-트를 끼고 늙은 교수의 강의 들으러 간다... 중략

나는 무얼 바라


나는 다만, 홀로 침전하는 것일까?"

어깨를 편 당당함이 보이지 않아

쓸쓸해지니

히말라야시다 (개갈잎나무)의 커다란 솔방울이 얼굴을 내민다

솔방울이 마르면 장미꽃이 피어나는

그 나무가 나를 위로한다


그가 거닐던 거리를 찾아다녔다.

다카다노바바 하숙집터 1을 지나

하숙집터 2가 있는 점자도서관 앞에 서니

띵똥거리며 울리는 소리들이

젊은 그가 우리를 반기는 것은 아닌지


〈사랑스런 추억〉을 읽는다

"아아 젊음은 오래 거기 남아 있거라"


그 문구처럼 그렇게

그의 젊음은 오래 거기 남아 있었다.

# 호기심

도쿄거리 조각상 하나

관세음의 여러 손처럼

내 안의 것들이 얼굴을 드러낸다면

메듀사의 얼굴쯤으로 제목을 달까 하다 호기심이라 붙인다

다양한 얼굴로 내려다 보는 조각상

무심히 환하게 비추기도 하고

팔색조처럼 내면의 욕망이 다른 얼굴로 나타나기도 하는

동경 거리에서 만난 낯선 얼굴하나

## 도쿄 타워에서

에펠탑 닮은 철 구조물이 불러들인 관광객들 틈에 서서

타워에 올랐다.

333미터 높이의 그곳에서

발아래 무수한 빌딩들 보며

새삼 역사가 세월이 부질없는 한순간의 꿈 인 것을

하늘을 만지는 마천루처럼 제국의 꿈은 높았고

그 기류에 우리 민족은 만신창이가 되었지

인간 욕망의 끝을 밟고 서서

허영의 몸짓 바람에 날려보낸다

# 30년대 시인들의 흔적을 따라간 **동경**

윤동주, 백석, 이상, 김춘수, 김기림 시인의 일본 유학시절 생애 탐사를 다녀왔다.

## 진보초 고서점 거리

　김기림, 김춘수 시인이 다닌 니혼대 인문학교 건물은 법학부 건물이 되어있다. 그들이 즐겨찾던 단골서점 진보쵸 야구치 서점은 남아 있었다.

　시인의 흔적을 찾아가는 길 니혼대 인문학부 캠버스를 나와 김기림 김춘수 시인이 다녔던 고서점 거리 찾았다. 야구치 서점은 김기림 시인이 즐겨 찾던 곳, 김춘수 시인이 라이너 마리아 릴케 시집을 만났던 오가와 서점은 문을 닫았다. 라이나 마리아 릴케 시집을 손에 넣고 즐거워했을 시인을 생각하며 까막눈이라 내용은 모르겠고 나도 봉황 어쩌구가 있는 책 한 권을 얼른 샀다. 모밀집에서 점심 먹고 다시 찾은 고서점가 태양과 몇 가지 한자 단어가 적힌 책이 나를 끌어당겼다. 두 권을 다 사서 가방에 넣으니 묵직하다. 많이 걸어 이미 발걸음도 묵직하다. 지하철 진보쵸역 도안이 책꽂이에 책이 가득 꽂혀 있는 듯 하여 서점을 연상하기에 좋았다.

## 백석 시인, 아오야마가쿠인 대학 (청산학원 대학)

청산학원 문지기가 사진을 찍는 나를 제지한다. Love and Peace in Christ for the World

사랑과 평화가 늘 함께하시길... 내 시집에 싸인할때의 문구다.

백석이 영어 사범과에 다녔던 대학이라 탐방중이라고 MARCH 는 일본 도쿄 5대 명문 사립 중 하나로 긍지가 대단한 듯하다. 첫 시집 사슴 출간후 대학에 기증했다고 하는 백석을 그 시절에 만났다면 오르지 못하는 나무를 보고 가슴이 탔겠다. 이 흰바람벽엔/ 내 쓸쓸한 얼굴을 쳐다보며/ 내 가슴은 너무도 많이 뜨거운 것으로 호젓한 것으로/ 사랑으로 슬픔으로 가득찬다... 사방이 푸른 6월에 흰 십자가가 서있는 교회당 건물 앞 벤치에서 백석에 관한 문학 강의를 들었다.

## 세다가야 경찰서

　김춘수 시인이 불령선인으로 잡혀가 6개월 옥살이를 했던 세다가
야 경찰서를 찾아갔다. DSL 카메라로 경찰서를 찍다가 이러다 잡
혀 가는게 아닌가 하는 생각이 들었다. 시대가 바뀌어 아무런 제
제없이 버젖이 걸을 수 있었다. 경찰서 앞 길에 작은 곰돌이 인형
이 버려진 듯 나를 기다리는 듯 있었다. 아무 흔적없는 그 거리에
서 시인과 상관없는 물건이지만 나는 그것을 주워서 가지고 왔다.

## 이상 초월한 사람이었나

이상이 임종을 맞이했던 동경제국대학의학부 부속병원 앞에 섰다. 입원했던 병실은 관리병동으로 바뀌었다.

이상하게도 그렇게 떠난 이상에게 햇빛을 가득 선물하고 싶다

그는 이상한 사람이었나 / 이상을 초월한 사람이었나

그와 관련된 글 어딘가에 / 햇빛도 들지 않은 싸구려 방이 나온다.

그리고 경찰서도 해가 없기는 마찬가지였을 것이다

살아있는 모든 것들은 / 햇빛이라는 선물을 즐거이 받아야한다

해를 쬐어야 하고 해봐야 한다.

이상이 임종 직전 먹고 싶다던 메론을 사러 변동림이 방문했던 니혼바시 센비키야 과자점은 그 때 그 자리에 아직도 있다. 센비키아 가게의 메론 가격은 터무니없게 비쌌다

오래전 홋가이도 어느 지점에 메론을 키우는 밭을 본 적 있다. 메론이 튼실이 자랄 수 있는 환경에는 햇빛이 있었다.

## 이즈의 수국

　유월 그곳은 천국이었다. 그곳으로 인도한 이가 있었다. 그 전에 그도 어떤 사람의 흔적을 찾아 그곳으로 갔을 것이다. 그의 흔적이 있던 시기 해변보다 나는 다른 길이 눈에 들어온다. 가는 길 기차 간 창문마다 붙어 있던 수국 축제 광고의 그곳이 이 반도에 있었다.

　가와바다 야스나리의 '이즈의 무희'를 읽지 못한 채 이즈로 여행을 떠났다. 그리고 그곳에서 아름다운 수국공원을 만났다. 바닷가에 위치한 작은 동산이 온통 수국, 수국 천지였다. 내가 좋다 아름답다를 남발하고 다니다 몇 번의 감탄사를 날렸는지 물어보니 97번이라 했다. 연달아 서너 번을 더 했다. 아름다움의 극치를 스스로 느꼈다. 산 하나가 온통 꽃으로 피어 동산이 커다란 꽃으로 피었구나! 저 멀리에서도 꽃 핀 산이 울긋불긋 보일것이다. 산 하나가 꽃이 되고 나도 꽃으로 피었구나! 별 아이 둘째 라푼젤이 엄마꽃 엄마꽃 엄마 다리는 꽃대, 발은 뿌리인가 하며 발가락을 만지작거리던 것이 생각이 났다. 내 보라색 옷색과 꽃 색이 멀리서 보면 누가 꽃인지 모르겠다. 나도 그 공원에서 한 송이 수국이 되었다. 수국의 절정은 지났으나 그대로 아름답다. 수국 속에 여인의 조각상이 있다. 적당히 배가 나온 것이 내 모습일까 수줍게 바라보았다. 수국에 빠진 그곳, 천국을 그린다면 나는 그 광경을 떠올릴 것 같다.

흑선을 이끌고 왔던 페리 제독의 흉상 앞에 섰다. 유명 인사들이 다녀갔다는 내용을 적은 석비들이 같이 서 있다. 하전공원 아지사이제, 수국 축제가 6월 내내 한 것 같았다. 시모나 공원에서 수국과 함께 바라본 시모다 항구는 환상의 아름다움이 담겨있었다.

1854년 미국의 강압에 의해 일본 최초로 개항한 시모다항이 있는 가키사키 바다, 바다중앙에는 흑선체험의 유람선이 떠다닌다. 섬 하나와 그 옆의 작은 섬에 빨간 신사의 표식이 서 있다. 나는 그런 것들이 신기해 카메라 렌즈를 당겨서 찍어 보았다. 항구에 섬이 몇 개가 있다. 다리로 연결되어 더 이상 섬이 아닌 섬들도 있었다. 백석은 1933년 겨울 이즈반도를 찾았다. 당시 일본의 나쓰메 소세키나 가와바타 야스나리 등이 자주 찾던 문학의 고향이 이즈반도 인 듯 했다. 1926년에 발표된 가와바타의 단편소설 '이즈의 무희'가 인기를 끌었으며,1933년 상영된 영화를 인터넷을 뒤져서 보았다. 이즈의 무희는 그 섬에 꽃이 피기 전 꽃을 전해준 이야기가 되었을 것이다. 푸치니의 나비 부인도 이곳과 관련이 있는지는 찾아봐야겠다.

수국속의 여인상이 두고 온 나 인 듯 찍어온 사진을 꺼내본다. 덤덤한 소년은 그냥 소나무로 있거라. 항상 그 모양으로 서 있어라. 꽃피어 꽃지어 화사하고 그건 소녀에게 다 주어라. 꽃과 같이 웃는 것, 꽃처럼 웃는다는 말이 그녀에게는 제격이었다. 이즈의 무희에 나오는 표현이다. 여행 다녀와서 알아듣지도 못하는 말의 영화 "이즈의 무희"를 보았다. 고깃배들이 들랑거리던 곳에는 요트가 정박되어 있고 해변도 시멘트로 정돈되어 있다. 크론슈타인 광장 시기해변은 시멘트와 가름막이에도 바닷물이 찰랑거리며 아는 체를 하고 있다. 바람이 귓전을 간질인다. 백석 그도 방문을 기뻐하며 귓가에서 맴도는 것은 아닐까.

이즈 반도의 침자산 네스가야 야마 전망대 정상까지는 케이블카를 타고 올라갔다. 혹시 후지산이 보이나 궁금했다. 정상 근처 다른 방향에 후지산 표시와 사진이 붙어 있었다. 300미리 렌즈로 산을 가까이 당겨 보았다. 첩첩히 포개진 희뿌연 산들이 달려왔으나 후지산 모양은 찾지 못했다. 이곳도 산 전체에 드물게나마 수국이 피어 있었다. 침자산 팻말아래에서 바라보는 항구는 타원형으로 여인의 품처럼 포근하게 안겨 있었다. 시모다 공원 오른쪽에 요트들이 정박해 있는 그 전에 항구였던 곳인 왼쪽에 집들이 옹기종기 모여 있다. 가운 데 섬들과 유람선이 돌고 있는 항구가 한눈에 보인다. 근처에 최초로 흑선을 발견한 곳이 유적지처럼 낡은 망원경 장비도 전시되어 있었다. 희뿌연 구름이 싸고 안은 태양은 꼼짝할 수 없는 지경이다. 행여나 하는 기대감으로 노을을 기다렸으나 하늘은 태양을 온전히 바다에 내려놓을 생각이 없는 듯 했다.

Russia

## 발해의 옛 성터 솔빈부

흔적 없는 광활한 성터에서

바람이 옷깃 잡는다


야생화는 어찌 그리 애달프게 아름다운가

한들거리는 산도라지

용담의 보랏빛 고와라

무리 지어 핀 노란 취나물 꽃들과

이름 모를 보라 꽃들 황홀하여라

아득한 발해 궁궐

너른 벌판에 솟아있던 성터에서

용담 꽃물 하늘거리는 공주의 사랑 보인다.

성터 계단 올라가 노닐다 달빛에 속삭이는 바람

잡을 수 없던 그 손 바람이 손잡는다


성터에서 한꺼번에 훌쩍 뛰어본다

쿵쿵 울렸던 그 심장만큼 울렸을까

아무런 흔적 없는 것이 어디 한생 뿐이던가


겹겹이 쌓여 별이 내려와 꽃이 되었으리

그리움이 쌓여 바람으로 흔들고 있으리

# 8 15 광복절에 다녀온 '동방의 진주'라 불리었던

## 블라디보스톡/우수리스크

제 76주년 광복절이 얼마 남지 않았다. 광복70주년 기념 오방 힐링투어 로 러시아 블라디보스톡/우수리스크로 문화체험 투어를 다녀온 지도 벌써 수년이 지났다.

한국에서 비행기로 두 시간 남짓 거리에 위치한 블라디보스톡, 블라디는 동방을 지배하다라는 의미를 갖는 블라디보스톡은 동해 연안의 최대 항구도시, 군항이며 또한 시베리아 철도의 시발점이다. 1856년 러시아인이 발견하여 그 후 항구와 도시의 건설이 시작되었다. 1890년대부터는 무역항으로서 크게 발전하였으며 1903년 시베리아 철도가 완전히 개통됨으로써 모스크바와도 이어지게 되었다. 제1차 세계대전의 발발과 1917년의 러시아 혁명으로 군사상 보안지대가 되어 함부로 출입할 수 없었다. 소연방이 해체되고 난 후인 1990년 1월에야 이곳은 다시 개방되었다.

8월 13일에 인천공항에서 출발해서 블라디보스톡에 도착했다.

2차 세계대전때 전함 11측을 물리친 전설적인 C-56 잠수함 박물관을 들렀다. 영원의 불, 개선문을 보고 블라디보스톡 심장인 중앙광장인 혁명광장을 둘러보았다. 혁명광장은 1917- 1922년 러시아 극동지역에서 구소련을 위해 싸웠던 병사들을 위한 기념물로 중요한 국경일 행사가 개최되는 광장으로 블라디보스톡의 대표적인 유적중의 하나이다. 영화 십계, 왕과 나의 주인공 율 브리너 생가가 블라디보스톡에 있다. 저녁은 러시아 꼬치요리 샤실릭을 특식으로 먹었다. 아무르 만의 아름다운 경치를 감상하며 해안 시민 공원을 산책하고 호텔 세미나 실에서 광복 70주년 회고의 밤으로 친교와 나눔의 특별한 시간이 있었다.

8월 14일에는 시베리아 횡단열차의 시발점인 블라디보스톡 역사와 시베리아 횡단열차 기념탑 및 2차 세계 대전에 사용했던 증기 기관차를 구경했다.

1927년 스탈린의 강제 이주 정책으로 열차를 타고 중앙아시아로 떠나게 된 한 많은 고려인들의 역사 체험을 하였다. 열차편으로 독립운동가의 횃불 이상설 선생이 잠든 우수리스크로 이동했다. 우수리스크는 블라디보크톡 북쪽 약 112킬로미터에 위치하며 동해로 흘러드는 우수리강 지류에 자리해 있다. 우수리스크는 연해주를 중심으로 펼쳤던 독립운동의 중심적인 역할을 했던 곳이며 이상설 유허비 등 머물렀던 유적지가 남아있다. 이상설 선생은 1907년 네덜란드 헤이그에서 개최된 제2회 만국평화회의에 이준, 이위종과 함께 고종의 특사로 파견된 애국지사이다. 이상설 의사 기념비에 절을 드리고 발해성터 주변을 유유히 흐르는 수이푼강을 보고 발해의 옛 성터 솔빈부를 탐방했다. 그곳에서 지은 시가 제3 시집 [하늘 두레박]에 실렸다.

고려인들이 세운 고려인 문화센터를 관람했다. 주변에는 체육관, 문화홀, 고려인 역사 전시실이 마련되어 있고 고려인 역사관이 있다. 고려인 역사관은 4개의 주제를 가지고 그들의 삶을 담았다. 시베리아 한인 민족운동의 대부 최재형 선생의 마지막 거주지를 둘러보며 울컥하는 마음을 누를 길 없었다. 을사조약체결로 조선의 국운이 위태롭던 시기 1906년 최재형은 연해주 남부에서 최초의 의병부대를 조직하여 무장투쟁을 전개했으며 1909년에는 조선총독 이토 히로부미 암살계획에 참여하기도 했다. 다시 블라디보스톡으로 돌아왔다.

8월 15일 광복절 날이다. 연해주 독립운동의 발자취를 느낄 수 있는 신한촌 기념비를 돌아보고 작은 광복절 기념행사를 했다. 신한촌은 조선시대 극동으로 진출한 선조들이 최초로 집단 거주지를 형성했던 곳이다. 빠크롭스키 공원에 있는 블라디보스톡 최대의 러시아 정교회를 보았다. 러시아 정교회는 주말에는 블라디보스톡 시민들이 모여서 예배를 드리는 풍경도 볼 수 있다. 블라디보스톡 주요시내와 금각만이 훤히 내려다 보이는 언덕의 독수리 전망대를 다녀왔다.

2012년 APEC이 열렸던 루스끼 섬으로 이동하여 섬내의 극동 연방 대학교를 관람하였다.

블라디보스톡에서 가장 큰 재래시장을 보고 아무르 만을 따라 해양공원 및 젊음의 거리를 산책했다. 러시아의 전통 기념품 마트료시카 인형과 보드카 차가버섯의 기념품 가게를 둘러보았다. 그

때 사온 털모자를 겨울이면 꺼내서 아직까지 잘 쓰고 있다. 저녁
은 북한식당에 갔다. 아리랑을 불렀고 특별한 시간이었다.

8월 16일에는 온천을 갔고 사우나를 갔었다. 자작나무 잎으로 등
을 안마하고 계란을 넣으면 삶아지는 물의 온도가 신기했다. 꿈결
처럼 아련한 기억들만 남아 있다.

오후에는 블라디보스톡 시민들이 여름에 즐겨 찾는 샤마라 해수
욕장에 갔다. 바닷가에 들어갔고 샤마라 해수욕장을 걸을 때 파도
에 쓸려온 해조들을 밟고 지나갔던 기억이 떠올랐다. 바비큐 파티
를 하고 여러 가지 해산물을 실컷 맛나게 먹었다. 빨갛고 손가락만

한 새우가 달콤하고 맛있었다.

러시아는 감히 갈 수 없는 나라라고 생각하고 있을 때 다녀온 블라디보스톡이 신선하게 다가 왔었다. 그 이후에 상트 페테르부르크를 다녀왔고 우크라이나도 다녀왔었다. 그때는 물러난 푸틴에 대한 이야기가 있었고 일을 낼 것 같다는 생각을 했었다. 시간이 지나 그는 다시 권력을 잡고 전쟁까지 일으킨 것을 보게 되어 씁쓸하다.

그 이후에 떠도는 땅/김숨, 1937년 러시아에서 발생한 고려인의 강제이주 사건을 소설로 다시 태어난 우리의 비극적인 아픔의 소설을 읽었고 토론을 하면서 그 때 다녀온 기억들이 글을 읽는 데 도움이 되었다.

정리를 못하고 있다가 점점 가물거려지는 기억들과 서류정리를 하면서 나온 여행 일정을 기초로 다시 추억을 꺼집어 내어 러시아 블라디보스톡/ 우수리스크를 여행기로 적을 수 있어 감사하다.


내게 존재하는 이 순간 지극히 사랑할 수 있는 이 순간 뚜벅뚜벅 시인이 걸으며 썼던 여행의 흔적들 여기에 머문다.

이상설 선생 유허지

본래 이상설 선생은 1870년
한국 충청북도 진천에서 탄생
하여 1917년 연해주 우수리스
크에서 서거한 한국 독립운동
의 지도자이다. 1907년 7월
헤이그 광무황제의 밀지를 받고
헤이그 만국평화 회의에 이준
이위종을 대동하고 사행하여
한국독립을 주망하다. 이어 안
해주에서 성명회와 권업회를
조직하여 조국독립운동에 헌신
즉 순국하다. 그 유언에 따라
화장하고 그 대를 이곳 우이
목강물에 뿌리다. 광복회와 그
대한승군화재단은 2001년10월
18일 러시아 정부의 협조를
얻어 이 비를 세우다.

## 새 여권을 펼치며

10년 전에 만들었던 여권 만기일이 다가와서 다시 새 여권을 만들었다. 새 여권에는 어느 나라의 도장이 찍힐지도 기대되는 일이다. 구여권을 펼쳐보며 여행의 추억에 젖어본다.

여행문화의 버켓리스트 질문에 세계지도를 펼쳐놓고 가고 싶은 곳과 다시 가고 싶은 곳이 어디인지를 둘러보았다. 먼저 다녀온 아시아 나라들을 죽 적어보았다. 생각했던 것보다 수가 많았다. 물론 다시 가고 싶은 나라들도 있었고 가보지 못한 나라들도 있었다. 그리고 다녀온 유럽의 나라들을 적어 보았다. 유럽도 다녀온 나라들이 많았다. 그리고 미국과 남미를 적었다. 다 적고 보니 60개국을 넘게 다녀온 것 같았고, 지구의 여러곳을 참으로 많이도 다녔구나 싶었다.

어느 장소를 떠올리며 언젠가 가겠지 생각하고 지나며 어느 날 내가 그 여행지를 자연스럽게 여행하고 있는 것을 볼 때 이 삶이 기적임을 느낀다. 어느 여행도 만만하게 떠난 적은 없다. 오로지 그 여행을 갈 그것이라는 확실한 염원만 가지고 하나하나 풀어가다 보면 어느새 비행기의 좌석에 앉아 있는 나를 본다. 걱정을 별로 하지 않는 나는 사랑의 맞은편에 서 있는 것이 두려움이라고 말하지 않았던가! 두려움의 속성을 아는지라 일부러 걱정을 미리 끌어오지는 않는다. 우주의 모든 것이 연결되어 있고 바라는 대로 이루어짐을 본다. 하늘과 땅을 섬기며 국경이 없는 하늘을 땅 위에 있는 국경을 넘나들었던 흔적을 붙들어 놓았다.

지구 어머니 신의 사랑 빛의 의식 확장과 가슴으로의 소통하기 위해 가슴 연결 조율 중이다. 가끔 여행지 어떤 장소에서 내게 말을 걸고 있는 사랑의 바다에 빠져 보기도 한다. 사랑에 문을 열어 주기도 하는 내가 에너지이며 사랑이다. 우주의 세포는 원근도 없이 연결되어 흐른다. 나의 여행은 어떤 인연으로 기회가 되고 그곳과 나의 환경이 맞아 공명이 일어나면 나는 서슴없이 그곳으로 여행을 떠났다. 앞으로도 나의 여행은 또 그렇게 인연이 되어 흘러갈 것이다.

　뉴질랜드에서 살다가 온 언니가 그곳의 트래킹에 대해 언급한 적이 있다. 우선 그곳이 현재 버킷리스트에 들어있는 곳이다.

# 맺음말

악마의 목구멍 이구아수 폭포, 아르헨티나

브라질 상파울루 공항을 출발한 비행거리는 한 시간 반 남짓, 이구아수 폭포 근처의 아르헨티나 푸에르토 이구아수 공항 도착예정이었다. 저녁 시간 일정이라 도착하여 호텔에 투숙하여 자고 다음 날 이구아수 폭포를 여행하기로 되어 있었다. 대부분의 사람들은 비행기를 타자마자 잠이 들었다. 나는 앞쪽 창가 자리에 앉았다. 여느 때와 같이 창밖을 통해 도시를 감상했다. 조용히 카메라를 꺼내 지상의 불빛이 그려낸 풍경을 담으려 시도했다. 잠시 후 불빛의 도시는 시야에서 사라지고 창문으로 들어오는 바깥세상은 검은색으로 칠해진 듯했다. 창문 덮개를 내리고 눈을 감았다. 어스름하게 잠이 찾아오다가 비행기의 이상 움직임에 잠이 멀리 달아났다. 창문을 열고 바깥을 내려다보았다. 비행기가 내려갔다가 용수철에서 튀어오르듯 수직으로 날아올랐다. 활주로는 하얗게 구름이 깔려 한치 앞도 보이지 않았다. 몇 번의 착륙시도를 했다. 다행이 대부분의 사람들은 그런 상황을 알아채지 못한 것 같아 술렁거림은 덜했다. 조용한 시도였다. 여러 번 착륙 시도를 하는 것을 보며 긴장된 기장이 그 자신만이 마주하는 시간을 생각했다. 아~ 나는 그때 모두가 무사하기를 빌었다. 자주 있는 일은 아니지만 나는 간절하게 기도했다. 결국 비행기는 그곳에 착륙하지 못하고 다시 회항하여 출발지 공항에 무사히 도착했다. 흔히 있는 일은 아니었는데, 공항에서 나는 그 비행기의 기장과 마주하게 되었다. 그 만의 절대고독을 말했고 고맙다는 말을 전했다.

　오롯이 혼자 헤쳐가야 하는 시간, 절대고독의 시간이 있었을 것이다. 그의 선택 하나에 삶과 죽음 그리고 여러 가지 다른 결과가 따랐다. 예정되었던 호텔에는 투숙하지 못하고 낯선 호텔에 묵게 되었다. 1인 1실로 임시 배정을 받고 잠시 눈을 붙였다. 그리고 아침 비행기로 다시 이구아수 공항으로 출발했다. 상류에 엄청난 비가 오고 홍수가 났다고 했다. 그런 연유로 비행기 활주로에 구름이 내려와 앉아 있었다고 했다. 이구아수 폭포 물이 흙탕물로 기억되던 것이 그것 때문이었다. 흙탕물 악마의 목구멍은 그 이름처럼 웅장하고 빨려 들어갈 것 같은 위용을 가지고 있었다.

　욕심내지 않고 흐르는 대로 살았구나! 잠시 멈추고 지구의 어느 곳을 다닌 흔적들이다. 창조의 씨앗은 모든 것 안에 존재하며 지속적인 변화속에서 싹 틔운다. 자신이 경험하는 모든 것은 스스로 원했기 때문이다.

　이번 시인의 여행의 여행지는 주로 유럽과 아시아가 주된 나라였다. 먼 남미의 작은 에피소드 하나를 점 찍듯 같이 붙여 세계를 하나로 둥글게 모았다.

# 태양의 눈 속으로 들어가 태양의 마음을 훔쳤습니다

여서완 사진시집
YEO SWAN'S PHOTO POEMS
EGGS OF THE SUN

# 태양의 알

이 사진시집은 태양을 찍으려다 카메라 렌즈가 눈이 멀며 찍은 태양이 주제입니다. 태양이 낳은 알이 빛으로 세상에 뿌려지는 현상을 잡기 위해 어느 날 태양을 향해 렌즈를 돌렸습니다. 렌즈가 눈이 멀며 찍은 사진을 우리 눈이 인지하는 색으로 재현하여 오로라와 같이 보이게 하려고 컴퓨터와 모의하였습니다.

마음 안의 생각을 잡아내어 보여주면 시가 되고 예술이 되듯, 세상에 존재하는 빛을 예술로 승화시킨, 내면에 존재하는 본질을 우리 눈에 보이는 색으로 꺼내 놓았습니다. (서문 중에서)

- 세상에 처음 보는 책이군요. 아름다운 시의 세계와 신비로운 빛의 조화가 하나로 손잡고 펼치는, 꿈나라로 가는 초대장입니다. —김종상(아동문학가)
- 여서완 시인이 사진과 함께 꾸민 이 시집에서는 '빛 속의 알'을 찾는 여로를 읽습니다. 감각이 포착하는 껍질 속에 숨겨진 진수를 찾고 무채색이 품은 아름다운 무지개를 불러낸 작업이라고 보았습니다. —허영자(시인)
- 충격적인 아름다움을 보라. 빛의 눈으로 빛을 바라보는 초월을 경험하게 하는 —신달자(시인)
- 사람이 맨눈으로는 태양을 볼 수 없지만 카메라 렌즈를 통해선 볼 수 있다. 기묘한 색의 축제, 그 색채를 언어로 그려 내고 사진으로 재현한다. 사진에 넋을 잃고 시를 읽고 정신을 번쩍 차릴 것이다. —이승하(시인)

**여서완** (여현순)
시인, 소설가, 사진작가, 여행작가
한국문협, 국제펜한국본부, 한국사진작가협회 회원
시집 〈영혼의 속살〉 〈하늘 두레박〉 〈사랑이 되라〉 〈작은 갤러리 풍경〉
전　화: 010-5238-4001
이메일: yeolucent@hanmail.net